季羡林自选集
八大印章珍藏版

印章编号 4

二月二日 在火車裡未睡過，從月垂不好。
　十一点到北平。
　乘洋車到青年會，坐十二点汽車回校，交极美。
　日垂。晚上げ星日垂。
三日 知道先考drama，一早起便看drama。
　到校，心裡面酸甜苦辣鹹的滋味全有
　意的我不是荒了好久地也走了，不知更是了潛藏
　了。
　無論怎樣，心裡総不甚安住。
四日早起讀完drama。
　過午看中世紀。日(?)晚上看文藝復興。

今年暑假回清平

五日 還是預備功課。
　也時看報對到母親身體不好，心裡尤難過私不安心
　蒋果所可新春，這幾天，促使到回清平。
六日 我們村損街看書。因為明天就要考了。
　學期向的功課就全伏這西天撑，現在更感到
　考試無用与年歲。
七日今天第一次考，戲曲，只一川點，預備的会

清华园日记

——季羡林自选集

季羡林 著

北京联合出版公司
Beijing United Publishing Co.,Ltd.

图书在版编目（CIP）数据

清华园日记 / 季羡林著 . -- 北京：北京联合出版公司 , 2024.7. -- （季羡林自选集）. -- ISBN 978-7-5596-7716-7

Ⅰ . I267.5

中国国家版本馆 CIP 数据核字第 2024EE3233 号

季羡林自选集：清华园日记
季羡林　著

出　品　人：赵红仕
选 题 策 划：外图凌零
统　　　筹：徐蕙蕙
特 约 编 辑：康舒悦　刘芳芳
责 任 编 辑：周　杨
封 面 设 计：陶　雷
内 文 排 版：孟　迪

北京联合出版公司出版
（北京市西城区德外大街 83 号楼 9 层 100088）
北京联合天畅文化传播公司发行
武汉市盛宏源印务有限公司　新华书店经销
字数 225 千字　880 毫米 ×1230 毫米　1/32　10.125 印张
2024 年 7 月第 1 版　2024 年 7 月第 1 次印刷
ISBN 978-7-5596-7716-7
定价：48.00 元

版权所有，侵权必究
未经书面许可，不得以任何方式转载、复制、翻印本书部分或全部内容。
本书若有质量问题，请与本公司图书销售中心联系调换。电话：（010）64258472-800

代序　　做真实的自己

◎ 季羡林

在人的一生中，思想感情的变化总是难免的。连寿命比较短的人都无不如此，何况像我这样寿登耄耋的老人！

我们舞笔弄墨的所谓"文人"，这种变化必然表现在文章中。到了老年，如果想出文集的话，怎样来处理这样一些思想感情前后有矛盾，甚至天翻地覆的矛盾的文章呢？这里就有两种办法。在过去，有一些文人，悔其少作，竭力掩盖自己幼年挂屁股帘的形象，尽量删削年轻时的文章，使自己成为一个一生一贯正确、思想感情总是前后一致的人。

我个人不赞成这种做法，认为这有点作伪的嫌疑。我主张，一个人一生是什么样子，年轻时怎样，中年怎样，老年又怎样,都应该如实地表达出来。在某一阶段上,自己的思想感情有了偏颇,甚至错误,绝不应加以掩饰,而应该堂堂正正地承认。这样的文章绝不应任意删削或者干脆抽掉,而应该完整地加以保留,以存真相。

在我的散文和杂文中,我的思想感情前后矛盾的现象,是颇能找出一些来的。比如对中国社会某一个阶段的歌颂,对某一个人的崇拜与歌颂,在写作的当时,我是真诚的;后来感到一点失望,我也是真诚的。这些文章,我都毫不加以删改,统统保留下来。不管现在看起来是多么幼稚,甚至多么荒谬,我都不加掩饰,目的仍然是存真。

像我这样性格的一个人,我是颇有点自知之明的。我离一个社会活动家,是有相当大的距离的。我本来希望像我的老师陈寅恪先生那样,淡泊以明志,宁静以致远,不求闻达,毕生从事学术研究,又决不是不关心国家大事,绝不是不爱国,那不是中国知识分子的传统。然而阴差阳错,我成了现在这样一个人。应景文章不能不写,写序也推托不掉,"春花秋月何时了,开会知多少",会也不得不开。事与愿违,尘根难断,自己已垂垂老矣,改弦更张,只有俟诸来生了。

1995年3月18日

序二　　我尊敬的国学大师

◎ 梁　衡

季羡林先生是我尊敬的国学大师，但他的贡献和意义又远在其学问之上。我尝问先生："你所治之学，如吐火罗文，如大印度佛教，于今天何用？"他肃然答道："学问不问有用无用，只问精不精。"其严谨的治学态度发人深省。此其一令人尊敬。先生学问虽专、虽深，然文风晓畅朴实，散文尤美。就是有关佛学、中外文化交流，甚至如《糖史》这些很专的学术论著也深入浅出，条分缕析。虽学富五车，却水深愈静，绝无一丝卖弄。此其二令人尊敬。先生以教授身份居校园凡六十年，然放眼天下，心忧国事。常忆季荷池畔红砖小楼，拜访时，品评人事，说到动人处，竟眼含热泪。我曾问之，最佩服者何人。答曰：

"梁漱溟。"又问再有何人。答曰:"彭德怀。"问其因,只为他们有骨气。联系"文化大革命"中,先生身陷牛棚,宁折不屈,士身不可辱,公心忧天下。此其三令人尊敬。

先生学问之衣钵,自有专业人士接而传之。然治学之志、文章之风、人格之美则应为学术界、全社会,尤其是青少年所学、所重。而这一切又都体现在先生的文章著作中。遂建议于先生全部著作中,选易普及之篇,面对一般读者,编一季文普及读本。于是有此选本问世,庶可体现初衷。

(梁衡,著名散文家。曾任国家新闻出版署副署长、人民日报社副总编辑)

序三　　季羡林先生的道德文章

◎ 梁志刚

"季羡林自选集"丛书付梓在即，责编要求我写一篇序。初闻此言，颇感错愕：老朽何德何能，哪有资格为大师的文集作序？继而思之，季先生的同辈学人，已经渐去渐远，即使我的师兄师姐，也是寥若晨星。我作为先生的及门弟子和读者，同时还是先生传记的作者，谈点心得体会，作为引玉之砖，不但是必要的，而且是应该的。于是我鼓足勇气，写点一孔之见，与诸位读者交流。

说起季羡林先生的自选集，据我所知，最早是在1988年，北京师范学院出版社要求季先生自选精华，编成《季羡林学术论著自选集》。季先生从过去几十年所写的200万字的学术著作中，选出几十篇，还为这本集子写了自序。他发现,所选文章基本上都是考证方面的,这说明,自己的兴趣和能力即在于此。清代大文豪姚鼐说:"天下学问之事,有义理、文章、考证三者之分,异趋而同为不可废。"

20世纪80年代中期以前,季羡林的治学主要是考证。他师承陈寅恪和瓦尔德施米特,认为考证是做学问的必由之路。至于考证的方法,他十分佩服并身体力行胡适提出的"大胆的假设,小心的求证"。他认为,过去批判这两句话,批判一些人,是在极左思想的支配下,以形而上学冒充辩证法来进行的。他反对把结论当成先验的真理,不许怀疑,只准阐释,代圣人立言,为经典作注。他认为这样只能使学术堕落。他说:"我过去五六十年的学术活动,走的基本上是一条考证的道路。""考证要达到什么目的呢?无非是寻求真理而已。""什么叫真理?大家的理解也未必一致。有的人心目中的真理有伦理意义。我不认为是这样。我觉得,事情是什么样子,你就说它是什么样子。这是唯物主义,同时也是真理。"要想了解季羡林是如何考证、如何寻求真理的,请读一读本丛书中的《季羡林谈佛》。

季羡林曾经多次说"不喜欢义理"。可是在20世纪80年代中后期,他在"义理"的研究方面,投入了不少的精力,取得了可喜的成果。其原因是,他看到,西方文化引领世界数百年,给人类带来前所未有的利益,同时也造成了巨大的生存危机,诸如环境污染、人口爆炸、淡水不足、气候变暖、臭氧洞出、物种灭绝、战争频发、贫富差距扩大等等。他在思考人类的出路在哪里。当然不只是季羡林,世界上有些有识之士也在考虑同样的问题。英国的汤因比对人类文明的发展趋势进行了深刻的反思,日本的池田大作在考虑如何把"战争与暴力的世纪"改造成"和平与共生的世纪",并与季羡林展开隔空对谈。季羡林从中国古代圣贤那里受到启发,提出了"天人合一"的新解,主张人与自然和谐相处;在人与人、国与国的关系方面,主张和为贵,和而不同,建立和谐世界;在东西方文化关系方面,主张坚持"拿来",强调"送去",用东方的药,治西方的病;他提出"河东河西论",大胆预言:21世纪将是中国的世纪。这些,为建立人类命运共同体理念提供了理论支撑。我们这套丛书中的《季羡林谈国学》《季羡林谈东西方文化》无疑是其代表作品。

至于文章,季羡林先生是广受读者欢迎的散文大家。他笔耕七十余载,创作散文五百余篇,其中许多是脍炙人口、清新隽永的名篇。1980年香港文学研究社出版的《季羡林选集》和1986年北京大学出版社出版的《季羡林散文集》就是较早的散文自选集。在这前一本书的跋和后一本书的自序中,他详细介绍了自己的创作过程和"惨淡经营"的创作理念。此后,各家出版单位编辑出版的季羡林散文集可以说数不胜数。记得2006年初,有一家出版社找到我,要编一本季先生的学者散文。我去医院请示季先生,季先生说:"我的散文已经出了七八种,有的还没有经过我同意。这些书大同小异,你选这几篇,他选那几篇,重复的不少。这对读者不负责任。你不要凑这个热闹。人家不编的,你编。"本套丛书大多是散文。对季先生的散文,方家评论多矣,我这里只引用林江东的评语——"季先生散文的特点是:在朴实中蕴含着优美,在静穆中饱含着热情,在飘逸秀丽中不失遒劲和锋刃,在淳朴亲切的娓娓道来中给人以强烈的震撼,在诙谐隽永的语言中蕴含着深刻的人生哲理,在行云流水般的字里行间凸显先生的人格魅力。"我认为此言不虚,读季先生的散文,确实是一种美的享受。

季羡林先生是著名翻译家,他的译著在三十卷《季羡林全集》中占三分之一。1994年初,中国工人出版社出版了一本季羡林译著自选集。季羡林为这本《沙恭达罗——中国翻译名家自选集·季羡林卷》写了篇小引,提出了一个十分重要的原则,"不改少作,意在存真"。他说:"除了明显的错误或者错排,其余的我一概不加改动,意在存真,给历史留下些真实的影子。有的作家到了老年拼命改动自己青年和中年时代的文章,好像一个老年人想借助美容院之力把自己修饰得返老还童。我认为此举不足取。"季羡林先生是这样说的,也是这样做的。他的《清华园日记》和早年许多著述,都是以本来面目示人。令人欣喜的是,本套丛书的编者,严格遵循作者的本意,不辞辛劳追根溯源,坚决剔除某些版本的不当修饰,奉献给读者的是季先生的原玉。

季羡林先生走了,留给我们丰厚的精神遗产。印刷机轰鸣,指示灯闪烁,一套新书很快就要和读者见面了。这套书里的文章是季先生亲自挑选,出版社精心打造的;是值得认真品读,值得珍藏,传诸后世的。季羡林说:"我的工作主要是爬格子。几十年来,我已经爬出了上千万的字。这些东西都值得爬吗?我认为是值得的。我爬出的东西不见得都是精金粹玉,都是甘露醍醐,吃了能让人升天成仙,但是其中绝没有毒药,绝没有假冒伪劣,读了以后至少能让人获得点享受,能让人爱国、爱乡、爱人类、爱自然、爱儿童,爱一切美好的东西。总之一句话,能让人在精神境界中有所收益。"

季羡林被评为"感动中国"2006年度人物,评委们称赞他是

"中国现代知识分子的一面旗帜和榜样"。他是如何做到的呢？在人生的最后岁月，季羡林考虑最多的是和谐。他对《人民日报》的记者说："要想达到个人和谐的境界，需要具备两个条件，良知和良能。知是认识，能是本领。良知是基础，良能是保障，两者缺一不可。知行合一，天人合一，方能和谐。良知是什么？概括起来就是八个字——爱国、孝亲、尊师、重友，这在中国传统文化中都有。一个人如果做到了这一点，就可以说他是个人和谐了，而每一个人都和谐了，那整个社会也就和谐了。"至于良能是什么，季羡林没有说。窃以为，从事不同的行业，良能当各有特色。而对学者与教师而言，季羡林为聊城大学题写的校训"敬业、博学、求实、创新"似可概括。良知和良能的完美结合，季羡林不仅是倡导者，而且是模范的实践者。限于篇幅，我不能展开讲，只能扼要说说。

说到爱国，这是中国知识分子的传统。季羡林先生提倡的爱国，是具有世界眼光的爱国，是和国际主义相统一的爱国，不是义和团式的"爱国"。那样的"爱国"其实是害国。1931年"九一八"事变后，20岁的季羡林和清华同学躺在铁轨上拦火车，去南京请愿要求政府出兵抗日；1942年，德国当局承认汪伪政权，季羡林和张维等留学生坚决反对汉奸政府，他们不顾生死，宣布自己"无国籍"；朝鲜战争爆发后，他积极签名，捐献稿费支援抗美援朝。他的爱国，更多表现在实际工作中，融汇在本职岗位的敬业里。20世纪80年代，他担任中国敦煌吐鲁番学会会长，针对"敦煌在中国，敦煌学在日本"的说法，响亮地提出"敦煌在中国，敦煌学在世界"的口号，带领我国敦煌学者与国际学术界密切合作开展敦煌学研究，取得了骄人的业绩，他本人更是在耄耋之年学术冲刺，完成了《糖史》和《吐火罗文 A(焉耆文)〈弥勒会见记剧本〉译释》两部顶尖的科学巨著,为祖国争得了荣誉。季羡林的爱国,还表现在他深谙"天下兴亡,匹夫有责"的道理,针对那场给国家民族带来巨大灾难的十年浩劫,他主张总结亿金难买的深刻教训,绝不允许悲剧重演。他用自己的切身经历,和着血和泪写成《牛棚杂忆》,一时令"洛阳纸贵"。他还发出振聋发聩的四问,不仅震撼国人心灵,而且展现了一个有良知者对祖国的拳拳赤子之心。

季羡林提倡尊师,是以爱生为前提的。作为北京大学的资深教授,季羡林对学生如亲人,他为新生看行李的故事,几乎尽人皆知。我再说几件不那么家喻户晓的事。1964年新生入学,季羡林到男生宿舍看望新生,他看见盥洗室水槽里放着几个瓦盆,就问:"怎么把尿盆放在这里?"我怯怯地说了句:"不是尿盆。"季先生没有再说什么,第二天,系学生会通知:季先生自掏腰包买了二十个搪瓷脸盆,没有脸盆的同学可以来领。我虽然没有去领盆,但心里暖暖的。1980年海淀区人民代表选举,中文系一名女学生自荐参加竞选,结果代表没有选上,反遭大字报围攻。季副校长知道这名同学承受着巨大压力,吩咐身边工作人员暗中呵护,以免发生不测。1985年新生入学,一位从广东农村来的同学没有带被褥和棉衣,季先生发动老师们为他捐钱捐布票置办被褥,还找出自己的旧棉袄给他御寒。同学们都知道,季先生学问好,人更好,所以他深受学生的爱戴和崇敬。

季羡林先生为学为人都达到了很高的境界,绝非偶然。我们读他怀念师友的文章,可清楚地发现,他从恩师陈寅恪、汤用彤、胡适和瓦尔德施米特、西克、哈隆身上传承了什么,还有鞠思敏、王寿彭、胡也频、董秋芳、吴宓、朱光潜等对他的影响和帮助，原来他是站在大师的肩膀上啊！

读季先生的书，不难看出，他一生走过曲折的路。回国后的三十多年，他是在战争和一个接一个的运动中度过的。在极左乌云压城的时候，运动来了，他不停地检讨自己"智育第一、业务至上"的"修正主义"，运动一过，就"死不悔改、我行我素"。有人会说，这是典型的"人格分裂"。我认为不是。中国的知识分子，像陈寅恪那样始终清醒的是凤毛麟角。大多数人都与季羡林遭遇类似。我们要听其言，观其行。在高压下违心或诚心地检讨是"言"，是为了"过关"。而其行，坚持"死不悔改"，坚持业务至上，坚持教书育人，才是其良知使然。而且，季羡林死守一条底线，就是只检查自己，决不攻击他人，这才是更加难能可贵的。

不仅仅如此，有人问他，一生最敬佩什么人？他回答是彭德怀和梁漱溟，由此不难窥见他的风骨。季羡林晚年，致力于中华优秀传统文化的发掘和传承，他曾多次与人讨论"侠"和"士"的问题，可惜没有来得及写成文章。这样的文章只能由后人来写了。我相信我们这个伟大民族，一定能够出现越来越多造福人类的国侠和国士。

以上体会尽管浅陋，但是我的肺腑之言。遵照季先生吩咐，"假话全不说，真话不全说"，就此打住。我想重复一句季先生对我耳提面命的话，作为这篇序的结尾："记住，书好不好，读者说了算。"

2023年7月30日
于北京大兴

（梁志刚，季羡林的学生，《季羡林大传》作者）

引 言

我从来没有认真地想写什么"自传"。可是也曾想到过：如果写的话，就把一生分为八段。《留德十年》是其中一段，《牛棚杂忆》是其中另一段。这都已写成出版了。如果再写的话，就是清华求学的四年，因为我自己的成长是与清华分不开的。但也只是想了想，并没有真正动笔，一直到了今天。

到了今天，想把已经出过二十四卷的《季羡林文集》继续编纂下去，准备先编四五本。我已经把《学海泛槎》（学术回忆录）交给了江西教育出版社的责任编辑吴明华先生。但此书只有十几万字，如编为一卷，显得太单薄。我于是想到了清华求学的四年。我原来是想动手写的，再写上十几万字，二者凑齐了，可得三十余万字，成为一卷，像个样子了。

我找出了"文化大革命"抄家时抄走的、后来又还回来的日记,把前四本拿了出来,仔细看了看,面生可疑,好像不是出于自己之手。大概七十多年前日记写出来后从未再看过。我虽然携它走遍了半个地球,却是携而不读。今天读起来,才知道,我记日记自1928年起,当时我17岁,正值日寇占领了济南,我失学家居。到了次年,我考上了山东省立济南高中,日记就中止了。1930年,我高中毕业,到北平来,考入清华大学。入学后前两年,也没有记日记。为什么写日记?我说不出。为什么又停写?我说不出。为什么又提笔开始写?我也说不出。好在这些都是无关紧要的、与国家大事无关的事情,就让它成为一笔糊涂账吧。

可是现在却成了问题。我要写回忆清华读书四年的经历,日记却缺了前两年的,成了一只无头的蜻蜓。虽然这两年的事情我还能回忆起来,而且自信还能相当准确,我还没有患上老年痴呆症;可是时间的细节却无从回忆了。这是颇令人感到遗憾的事。

我仔细读了读这两年的日记,觉得比我最近若干年写的日记要好得多。后者仿佛记流水账似的,刻板可厌,间有写自己的感情和感觉的地方,但不是太多。前者却写得丰满,比较生动,心中毫无顾忌,真正是畅所欲言。我有点喜欢上了这一些将近七十年前自己还是一个二十二三岁的毛头小伙子时写的东西。我当时已在全国第一流的文学杂志和报纸上发表了一些散文和书评之类的文章,颇获得几个文坛上名人的青睐。但是,那些东西是写给别人看的,难免在有意无意间有点忸怩作态,有点做作。日记却是写给自己看的,并没有像李越缦写日记时的那些想法。我写日记,有感即发,文不加点,速度极快,从文字上来看,有时难免有披头散发之感,却有一种真情流贯其中,与那种峨冠博带式的文章迥异其趣。我爱上了这些粗糙但却自然无雕饰的东西。

这一爱不打紧,它动摇了我原来的想法。我原来是想用现在的笔,把清华四年求学的经历,连同感情和牢骚,有头有尾地,前后一贯地,精雕细琢地,像《留德十年》和《牛棚杂忆》那样,写成一本十几万字的小册子,算是我的自传的又一段。现在我改变了主意,我不想再写了。我想就把我的日记原文奉献给读者,让读者看一看我写文章的另一面。这样更能加深读者对我的了解,对读者,甚至对我自己都是有好处的。我把我这个想法告诉了李玉洁和吴明华,他们也都表示同意。这更增强了我的信心。

但是,这里又来了问题。在过去,奉献日记有两种做法,一种是把日记全文抄出,像别的书稿那样,交出版社排印出版。把原文中的错字、别字都加以改正,漏掉的则加以补充。换句话说,就是稍稍涂点脂抹点粉,穿着整齐,然后出台亮相。另一种做法是把原文照相影印,错别字无法改,漏掉的字无法填,这就等于赤条条地走上舞台,对作者是有些不利的。我经过反复考虑,决定采用后者,目的是向读者献上一份真诚。至于错别字,我写了一辈子文章,到了今天已经寿登耄耋,一不小心,还会出错。七十年前,写上几个错别字,有什么可怪呢?古人说:"君子之过也,如日月之蚀,人皆见之。"我想做一下"君子"。

可我又想到另外一个问题。当年还没有现在这样的简化字,写的都是繁体,今天的青年读起来恐怕有些困难。但是,我一向认为,今天的青年,如果想提高自己的文化修养,特别是如果想做一点学问的话,则必须能认识繁体字。某人说的"识繁写简"一句话是极有道理的。因为，无论把简化字推广到什么程度，决不能把中国浩如烟海的古籍都简体化了，那是无法想象的事。读点繁体字的书是事出必要、理有固然的。我的日记在这方面对青年们或许有点帮助的。

以上就是我影印日记的根由。

1930—1932年的简略回顾

1930年夏天，我从山东省立济南高中毕业。当时这是山东全省唯一的一所高中，各县有志上进的初中毕业生，都必须到这里来上高中。俗话说"千军万马独木桥"。济南省立高中就是这样一座独木桥。

一毕业，就算是走过了独木桥。但是，还要往前走的，特别是那些具备经济条件的学生，而这种人占的比例是非常大的。即使是家庭经济条件不够好的，父母也必千方百计拼凑挪挡，送孩子上学。旧社会说："没有场外的举人。"上大学就等于考举人，父母怎能让孩子留在场外呢？我的家庭就属于这个范畴。旧社会还有一句话，叫"进京赶考"，即指的是考进士。当时举人、进士都已不再存在了，但赶考还是要进京的。那时北京已改为北平，不再是"京"了。可是济南高中文理两科毕业生大约有一百多人，除了经济实在不行的外，有八九十个人都赶到北平报考大学。根本没有听说有人到南京上海等地去的。留在山东报考大学的也很少听说。这是当时的时代潮流，是无法抗御的。

当时的北平有十几所大学，还有若干所专科学校。学校既多，难免良莠不齐。有的大学，我只微闻其名，却没有看到过，因为，它只有几间办公室，没有教授，也没有学生，有人只要缴足了四年的学费，就发给毕业证书。等而上之，大学又有三六九等。有的有校舍，有教授，有学生，但教授和学生水平都不高，马马虎虎，凑上四年，拿一张文凭，一走了事。在乡下人眼中，他们的地位就等于举人或进士了。列在大学榜首的当然是北大和清华。燕大也不错，但那是一所贵族学校，收费高，享受丰，一般老百姓学生是不敢轻叩其门的。

当时到北平来赶考的举子，不限于山东，几乎全国各省都有，连僻远的云南和贵州也不例外。总起来大概有六七千或者八九千人。那些大学都分头招生，有意把考试日期分开，不让举子们顾此失彼。有的大学，比如朝阳大学，一个暑假就招生四五次。这主要是出于经济考虑。报名费每人大洋三元，这在当时是个不菲的数目，等于一个人半个月的生活费。每年暑假，朝阳大学总是一马当先，先天下之招而招。第一次录取极严，只有极少数人能及格。以后在众多大学考试的空隙中再招考几次。最后则在所有的大学都考完后，后天下之招而招，几乎是一网打尽了。前者是为了报名费，后者则是为了学费了。

北大和清华当然是只考一次的。我敢说，全国到北平的学子没有不报考这两个大学的。即使自知庸陋，也无不想侥幸一试。这是"一登龙门，身价十倍"的事，谁愿意放过呢？但是，两校录取的人数究竟是有限的。在大约五六千或更多的报名的学子中，清华录取了约两百人，北大不及其半，百分比之低，真堪惊人，比现在要困难多了。我曾多次谈到过，我幼无大志，当年小学毕业后，对大名鼎鼎的一中我连报名的勇气都没有，只是凑合着进了"破正谊"。现在大概是高中三年的六连冠，我的勇气大起来了，我到了北平，只报考了北大和清华。偏偏两个学校都取了我。经过了一番考虑，为了想留洋镀金，我把宝押到了清华上。于是我进了清华园。

同北大不一样，清华报考时不必填写哪一个系。录取后任你选择。觉得不妥，还可以再选。我选的是西洋文学系。到了毕业时，我的毕业证书上却写的是外国语言文学系，不知道是什么时候改的。西洋文学系有一个详尽的四年课程表，从古典文学一直到现当代文学，应有尽有。我记得，课程有"古典文学""中世纪文学""文艺复兴时期文学""英国浪漫诗人""现当代长篇小说""英国散文""文学批评史""世界通史""欧洲文学史""中西诗之比较""西方哲学史"等等，都是每个学生必修的。还有"莎士比亚"，也是每个学生都必修的。讲课基本上都用英文。"第一年英文""第一年国文""逻辑"，好像是所有的文科学生都必须选的。"文学概论""文艺心理学"，好像是选修课，我都选修过。当时旁听之风甚盛，授课教师大多不以为忤，听之任之。选修课和旁听课带给我很大的好处，比如朱光潜先生的"文艺心理学"和陈寅恪先生的"佛经翻译文学"，就影响了我的一生。但也有碰钉子的时候。当时冰心女士蜚声文坛，名震神州。清华请她来教一门什么课。学生中追星族也大有人在，我也是其中之一。我们都到三院去旁听，屋子里面座无虚席，走廊上也站满了人。冰心先生当时不过三十二三岁，头上梳着一个信基督教的妇女王玛丽张玛丽之流常梳的纂，盘在后脑勺上，满面冰霜，不露一丝笑意，一登上讲台，便发出狮子吼："凡不选本课的学生，统统出去！"我们相视一笑，

17

伸伸舌头，立即弃甲曳兵而逃。后来到了五十年代，我同她熟了，笑问她此事，她笑着说："早已忘记了。"我还旁听过朱自清、俞平伯等先生的课，只是浅尝辄止，没有听完一个学期过。

西洋文学系还有一个奇怪的规定。上面列的必修课是每一个学生都必须读的；但偏又别出心裁，把全系分为三个专业方向：英文、德文、法文。每一个学生必有一个专业方向，叫 Specialized 的什么什么。我选的是德文，就叫做 Specialized in German，要求是从"第一年德文"经过第二年、第三年一直读到"第四年德文"。英法皆然。我说它奇怪，因为每一个学生英文都能达到四会或五会的水平，而德文和法文则是从字母学起，与英文水平相距悬殊。这一桩怪事，当时谁也不去追问，追问也没有用，只好你怎样规定我就怎样执行，如此而已。

清华还有一个怪现象，也许是一个好现象，为其他大学所无，这就是：每一个学生都必须选修第一年体育，不及格不能毕业。每一个体育项目，比如百米、二百米、一千米、跳高、跳远、游泳等等，都有具体标准，达不到标准，就算不及格。幸而标准都不高，达到并不困难，所以还没有听说因体育不及格而不能毕业的。

我的老师们

我只谈西洋文学系的老师们。

我的原则仍然是只讲实话，不说谎言。我想遵守古希腊人的格言："吾爱吾师，吾更爱真理。"我不想遵守中国古代一些人的"为尊者讳"的办法以自欺欺人。读者将在下面的日记中看到同样的情况。我的日记是写给自己看的。虽然时间相距将近七十年，但我对老师的看法完全没有改变。

同今天一样，当时北大与清华双峰并峙，领袖群伦。从院系的师资水平来看，两校各有短长。但是专就外文系来看，当年的清华似乎名声在北大之上。原因也极简单，清华的外国教授多。学外文而由外国人教，难道这不是一大优点吗？

但是，事实并不是这样。容我慢慢道来。

我先介绍中国教授。

王文显　系主任，不大会说中国话，只说英文，讲授"莎士比亚"一课，有写好的讲义，上课时照本宣科，我们就笔记。除了几个用英文写的剧本外，没有什么学术著作。

吴宓　反对白话文，主编《学衡》。古貌古心，待人诚恳。在美国留学时，师事白璧德。讲授"英国浪漫诗人""中西诗之比较"等课。擅长旧诗，出版有《吴宓诗集》。我认为，他是西洋文学系中最有学问的教授。

叶公超　英文非常好，中国旧体诗词好像也读过一些。主编《学文》，是属于新月派的一个文学杂志。讲授"大一英文""英国散文"等课。没有写什么学术论文。

杨丙辰　北大德文系主任，清华兼职教授，讲授"德文""浮士德"等课程，翻译过一些德国古典文学作品，没有什么学术论文，对待学生极好。

刘文典　中文系主任，著有《淮南鸿烈集解》，讲授"大一国文"，一个学期只讲江淹的《别赋》和《恨赋》两篇文章。

金岳霖　哲学系教授，讲授"逻辑"一课。

张申府　哲学系教授，讲授"西方哲学史"一课。

朱光潜　北大教授，讲授"文艺心理学"一课。

孔繁霱　历史系教授，讲授"世界通史"一课。

下面介绍外国教授。

温德（Winter）　美国人。讲授"文艺复兴文学"一课和"第三年法文"。没有写任何学术论文。是建国后还留在北大任教的唯一的清华西洋文学系教授。

翟孟生（Jameson）　美国人，讲授"西洋文学史"一课，著有《欧洲文学史纲》一书，厚厚的一大本，既无新见解，错误又不少。

必莲（Bille）　女，美国人，讲授"语言学""第二年英文"等课，不见任何研究成果。

华兰德（Holland）　女，德国人，讲授"第一年法文"。患有迫害狂，上课就骂学生。学生成绩好了，她便怒不可遏，因为抓不到辫子骂人。

艾克（Ecke）　德国人，讲授"第二年德文""第四年德文"。他在德国大学中学的大概是"艺术史"。研究中国明清家具，著有《中国宝塔》一书，他指导我写学士论文 The Early Poems of Hölderlin。

石坦安（Von den Steinen）　德国人，讲授"第三年德文"，没有著作。

吴可读（Pollard Urquert）　英国人，讲授"中世纪文学"一课，也没有任何著作。

葛其婉　女，教法文，大概是一个波兰人。

以上就是西洋文学系外籍教师的简略情况。他们有一些共同的特点：第一，不管是哪一国人，上课都讲英文；第二，他们都是男不娶，女不嫁；第三，除了翟孟生那一部书外，都没有任何著作，这在欧美大学中是无法想象的；在那里他们最高能得到助教，或者像德国的Lektor（外语讲师）。中国则一律教授之，此理殊不可解。文学院其他各系并不是这样子的，那里确有术业有专攻的，甚至大师级的教授。可偏偏就是这个西洋文学系，由于外国教授多而驰誉学坛，天下学子趋之若鹜。

限于篇幅，只能介绍这么多。下面是将近七十年前写的1932—1934年两年的日记原文。

自　序

在本书"引言"中，我已经交代清楚，我之所以想出版此书，完全是为了给《季羡林文集》做补充。有没有出单行本的想法呢？朦朦胧胧中似乎闪过这样一个念头，但也只是一闪而过，没有认真去抓。

前几天，清华大学徐林旗先生驾临寒舍，商谈出版拙作的问题。我无意中谈到我的《清华园日记》，不料徐先生竟极感兴趣，愿意帮助出版。我同李玉洁女士商议了一下，觉得这是个极其美妙的办法，立即表示同意。我是清华出身，我的研究工作发轫之地是清华，送我到德国留学的也是清华。回国后半个世纪多以来，自己虽然不在清华工作，但是始终同清华保持着密切的联系。我的《清华园日记》能由清华人帮助出版，还能有比这更恰当的吗？

我这一册日记写于1932—1934年，前后共有两年。

当时我在清华读大学三年级和四年级,是一个二十岁刚出头的毛头小伙子。到了今天,我已经活过了九十。有道是"人生七十古来稀"。九十岂易言哉!我的同级活着的大概也不会太多了。即使还能活着,记日记的恐怕也如凤毛麟角。俗话说:"物以稀为贵。"那么,我这一册日记,不管多么庸陋,也自有其可贵之处了。

　　我的日记是写给自己看的,能够出版是当时做梦也没有想到的。我看到什么就写什么,想到什么就记什么,一片天真,毫无谎言。今天研究清华大学的历史,有充足的档案资料,并无困难。但是,七十年前活的清华是什么样子,恐怕是非身历其境者难以说明白的。我自己是身历其境的人,说的又都是实话,这对了解当年的清华是会有极大的帮助的。谨以此书献给我的母校清华大学。

2001年11月23日

目 录

第一辑

1932 年 8 月 22 日—1932 年 10 月 28 日 /001

1932 年

八月 005

九月 015

十月 036

第二辑

1932 年 10 月 29 日—1933 年 10 月 31 日 /055

1932 年

十月 057

十一月 059

十二月 078

1933 年

一月 095

二月 102

三月	110
四月	119
五月	128
六月	138
七月	146
八月	158
九月	170
十月	181

第三辑
1933年11月1日—1934年11月23日 /185

1933年	
十一月	187
十二月	201
1934年	
一月	214
二月	226
三月	239
四月	251
五月	262
六月	272
七月	281
八月	290

后记 /293

第一辑
1932 年 8 月 22 日—1932 年 10 月 28 日

我本来一共记过两次日记：这以前是日记的开始，这以以是日记的终结。

我壹查日记是最具体的生命的痕迹的记录，以此看起来，不但可以在记里找到以前的我的真面目，而且也可以看见我这时以以成了记上的我的奴役——我因为这些简单的理由，我把以前偶而行动而记的日记保持起来，且以以以后为什么不继续下去；我又把日记终结了，希望一直到我想停止记不动的时候。

是的这如今，这些日记实在不成东西，这我比谁都知道的清楚。但是这些日记所记的期间却在我生活史之里有着空隙，以前我不曾记过什么日记，这以以也不愿再写在这以后来行动地记，一下不是太的，是一场的悲。在这期间，主三峰就如这我精神上刺戟的最厉害的相当一便，又少了一年往来曾未过了，在家论述考试卷，以时，使我最不快乐的，永远的缺念的是我的……是少（经过种种印象的阶段）使我当时的乡愁……有的真味，我此生在起来的时外心说真实地相似。——许许不成

1932 年 9 月 13 日   日记影印

第一辑　1932年8月22日—1932年10月28日

　　我生平一共记过两次日记：这以前是日记的开始，这以后是日记的复活。

　　我尝想，日记是最具体的生命的痕迹的记录。以后看起来，不但可以在里面找到以前的我的真面目，而且也可以发现我之所以成了现在的我的原因——就因为这点简单的理由，我把以前偶而冲动而记的日记保持起来，同时后悔为什么不继续下来；我又把日记复活了，希望一直到我非停止记不行的时候。

　　是的，这些日记实在不成东西，这我比谁都知道的清楚。但是这些日记所占的期间却在我生活史上是再重要没有的了。这以前我不曾记过什么日记，这以后也不曾，却单在这时候来冲动地记了一下，不能不说，是一个奇迹了。在这期间，五三惨案刚过，我精神是受刺戟萎靡到极至了。又失学一年（生平未曾失过学），在家里蹭伏着。同时，使我最不能忘的（永远不能忘的）是我的 H.① 竟然（经过种种甜蜜的阶段）使我得到 der Schmerz［痛苦］的真味。我现在想起来仍然心里突突地跳——虽然不成的东

---

① H.：作者的夫人彭德华。

西，也终于成了东西了。

一九三二，九，十三，晚九时自记
清华园

以上的这些日记，我始终认为是我生命史中顶有意义的一页。到了无聊到极顶的时候，我便取出来看看，使回忆的丝缕牵住了过去的时光，对我，最少对我，是再痛快没有的事了。

一九三三，五，二八
在清华园

时日兵迫城，校内逃避几空。大考延期，百无聊赖。室外天色阴沉，雷声殷殷。

Resurrection of My Diary
Beginning from August, 1932
in Tsing Hua Yuan, Peiping[①]

---

① 此段意为：我的日记的复苏，始于1932年8月北平清华园。

第一辑　1932年8月22日—1932年10月28日

1932 年

八月

二十二日

日记刚复活了,第一天就忘记了去记,真该打!总说一句,现在的生活,可以说是很恬静,而且也很机械(不如说单调)——早晨读点法文、德文。读外国文本来是件苦事情,但在这个时候却不苦。一方面读着,一方面听窗外风在树里面走路的声音,小鸟的叫声……声音无论如何嘈杂,但总是含有诗意的。过午,感到疲倦了,就睡一觉,在曳长的蝉声里朦胧地爬起来,开始翻译近代的小品文。晚上再读点德国诗,我真想不到再有比这好的生活了!

二十三日

真混蛋,今天又忘记了。

同昨天差不多,仍是作那些事情。

把用不着的棉衣寄到家里去。

晚上长之来访,说刚从城里回来,并且买了许多画片。他接到大千的来信,信上说柏寒有失学的可能。我们同样是经济压迫下的呻吟者,能不悚然吗?长之说,最好多作点东西卖钱,把经济权抓到自己手里。家庭之所以供给我们上学,也〈不〉①过像做买卖似的。我们经济能独立,才可以脱离家庭的压迫。我想也是这样。

接到梅城姐的信,说彭家爷爷于八月十五日(我起身来平的第二日)死去了。人生如梦,可叹!

二十四日(星期三)

寄璧恒公司十元,订购《歌德全集》。

今天究竟又忘了,这种浑浑的脑筋又有什么办法呢?许久没运动了,今天同岷源去体育馆跑了十五圈。从前一跑二十一圈也不怎样吃力,现在只跑十五圈就感到很大的困难,兴念及此,能不悚然!以后还得运动呵!

晚饭后同岷源到校外绕了个圈子。回屋后译完 Robert Lynd 的 *Silence* [罗伯特·林德的《沉默》],译这篇短文已经费了我三四

---

① 编辑遵守季老当初确立的"基本原则"——"决定不删,一仍其旧",对手稿文字,除了明显排印错误,不作任何改动。为便于读者阅读,做以下处理:文中首次出现的外文用"[ ]"加上中文;明显缺漏之处用"〈 〉"补全。

天的工夫了。

今天忽然想到买 William Blake① 的诗集，共约一镑十先令，是刊在 Rare Books［稀见书目］。

晚九点钟后到长之屋闲谈。我总觉到长之 prejudice［偏见］极大，从对杨丙辰先生的态度看来就很明显了。杨先生是十足的好人，但说他有思想则我不敢相信。

二十五日

以前我老觉到学生生活的高贵，尤其是入了清华，简直有腚上长尾巴的神气，绝不想到毕业后找职业的困难。今年暑假回家，仿佛触到一点现实似的。一方又受了大千老兄（美国留学生）找职业碰壁的刺戟——忽然醒过来了，这一醒不打紧，却出了一身冷汗。我对学生生活起了反感，因为学生（生活）在学校里求不到学问，出了校门碰壁。我看了这些摇头摆尾的先生，我真觉得可怜呵！

我对学问也起了怀疑。也或者我这种观念是错误的。

现在常浮现到我眼前的幻景是——我在社会上能抢到一只饭碗（不择手段）。我的书斋总得弄得像个样——easy chairs［安乐椅］，玻璃书橱子，成行的洋书，白天办公，晚上看书或翻译。我的书斋或者就在东屋，一面是叔父的。婚姻问题，我以前觉得不可以马虎，现在又觉得可以马虎下去了。

我时常想到故乡里的母亲。

（补）早晨的生活同昨天差不多。午饭后访杨丙辰先生，

---

① Willian Blake：威廉·布莱克（1757—1827），英国诗人、版画家。

杨先生早已进城了（刚才长之去访他来）。回来后，又忽然想到发奋读德文，并翻译点东西给杨先生去改。第一个想到的是 J. Wassermann①，但是他的短篇小说太长。于是又读 Hölderlin 的 *Ein Wort tiber die Iliade*②，里面有句话：Jeder hat seine eigene Vortrefflichkeit und dabei seinen eigenen Mangel③。午饭前，刚同长之谈杨丙辰、徐志摩，长之说："杨先生攻击徐志摩是真性的表现，他捧孙毓棠是假的，因为人在高傲的时候，才是真性的表现，并且人都有他的好处和坏处……"他刚走了，我就读到这一句。我简直有点儿 ecstatic［欣喜若狂］了！

杨丙辰攻击志摩，我总觉得有点偏。

杨丙辰——忠诚，热心，说话夸大，肯帮人，没有大小长短等的观念。

阅报见姚锦新（我们系同班女士，钢琴家）出洋，忽然发生了点异样的感觉。

晚访王炳文，请他说替找的宿舍能否一定。

忽然想到翻译 *Die Entstehung von Also Sprach Zarathustra*［《〈查拉图斯特拉如是说〉的诞生》］，是 Nietzsche［尼采］的妹妹 Elizabeth Förster Nietzsche［伊丽莎白·福斯特·尼采］作的，据说最能了解他的。岷借去十元。

---

① J. Wassermann：瓦塞尔曼（1873—1934），德国小说家。
② Hölderlin 的 *Ein Wort tiber die Iliade*：荷尔德林的《关于〈伊利亚特〉的几句话》。荷尔德林（1770—1843），德国诗人。
③ 此句意为：每个人都有自己的优点也有自己的缺点。

二十六日

昨天同岷源约今日同往图书馆找沈先生托往英国购 William Blake：*Songs of Innocence & of Experience*［《天真之歌》和《经验之歌》］（一镑十先令）。今晨往访岷，竟不遇，心中忐忑不安，盖余若决意办某事不达目的，心中总是不安的。刚才岷来找我，我们去找了沈先生，大约二月后书就可以到了。到时，经济或发生困难也未可知，反正不要紧，不必管它。（上午九时）

午饭时遇长之于食堂，他说他借我的《新月》"志摩纪念号"看完了，他作一篇文，分析里面所载的十几篇纪念志摩的文章，大意是骂他们。不过，我对他这举〈动〉，颇不以为然。杨丙辰先生骂徐纯是杨个人的偏见——也可以说是谬见，他并不了解徐。我承认，至少徐在中国新诗的过程上的功绩是不可泯的。长之也承认，他近来对杨先生戴的有色眼镜太利害了。杨不是坏人，但不能因为这一点，他一切都好。长之不该为他张目，难道为的在《鞭策》上登一篇稿子就这样作吗？

刚吃完饭，长之又来找我谈，谈的仍是徐志摩。他说自徐死后，这些纪念文字都没谈徐在文坛的价值。我想这也难怪，因为纪念徐志摩的这些人都是他的朋友，蓦地一个亲爱的朋友死了，他们在感情上是怎样大的创伤呵！他们的感悼还写不完呢，谈他的价值，是以后的事了。比如我们一个朋友死了，我们作文章纪念他，这文章登出去，别人一样拿来当艺术品（自然够不上）读，我们这死朋友不必在文坛上或什么坛上有多大价值。长之说，这样还不如印荣哀录或挽联录。这话仍是他的偏见。

后来，他又说，要组织一个德国文学研究会，请杨丙辰作指导。

晚饭后,姜春华君来访,他才从山东回来。谈许久,他说要以后常谈谈。

过午睡了一过午,晚间还是困,真不〈得〉了。

写致遇牧、剑芬信。

理想不管怎样简单,只要肯干,就能成功,"干"能胜过一切困难,一切偏见——这是我读《新月》"志摩纪念号"和任鸿隽译的《爱迪生》起的感想,长之释之曰:干者生命力强之谓也。

二十七日

今天是孔子的诞日,偶然从长之的谈话里,我才知道的。

近几日来,大概因为吃东西太多太杂,总觉得胸口里仿佛有东西梗着似的。今天尤其利害,弄得一天不舒服,以后吃东西非要小心不可。这几天来总是阴沉沉的,今天过午又忽淋淋地下起雨来。我觉得非常寂寞,因为岷源进了城了。我跑阅报室跑了好几趟。内田发表狂谬的演说,汪精卫、张学良演的戏……都引不起我的兴趣。我对所谓报屁股或社会新闻(尤其是《上海报》,最近我才开始看《上海报》)倒很感到兴趣。

早晨仍是读法、德文。过午用了一过午的工夫把 Don Marquis[①]的《一个守财奴的自传》的序译完。我译东西,无论多短,很少一气译完的,这还是第一次的。

晚间,躺在床上看《新月》,听窗外淅淅的雨声,风在树里走路声。

---

① Don Marquis:唐·马奎斯(1878—1937),美国幽默作家、诗人。

最近我老感到过得太慢，我希望日子过得快一点，好早叫我看到 William Blake 的诗。

二十八日

昨天受了一天寂寞的压迫，今天忽然想到进城。一起来，天色仍阴沉沉的，昨天晚上也似乎没断地下着雨。

先到了静轩兄（坐 bus）处。吃过了饭（西来顺），就同静轩同访印其，因为我昨天看到今天梅兰芳在开明演《黛玉葬花》，想揩他的油，叫他请我的客。他允了。因为必先事购票，所以我俩二点就开拔往前门外买好了票，时间尚早，乃同往琉璃厂徘徊，以消磨时间。然而时间却越发显得长。

吃晚饭在五点。我不高兴女招待，所以便找没女招待的铺子，然而结果却仍是有。只一个，十五六岁，在生命的重担下作出种种不愿作的举动，真可怜呵！

饭晚时间仍早，乃同往天桥。到天桥来我还是第一次。各种玩意全有，热闹非常，每人都在人生的重压下，戴了面具，作出种种的怪形。真配称一个大的下等社会的 exhibition［展览］。

戏是晚七点开演，演者有萧长华、尚和玉、王凤卿、程继仙等。因没有买到头排，在后排有时就仿佛看电影似的。但是这是我第一次在北京看旧剧，而北京旧剧又为全国之冠，所以觉得特别好。最末一出是梅的黛玉，配角有姜妙香等。在开台之先，先休息几分钟，黄锦幕落下，开幕时全台焕然一新，平常拉胡琴等皆在台上，台下人皆看得到，我以为不很好，应改良。在梅剧里果然改良了。

我心里有一种说不出的感觉,仿佛有什么压着似的,在期待梅的出现。我双目注视着右边的门(出门),全球闻名伶界大王就会在那里出现,我真觉到有点奇迹似的。终于,出现了,我的眼一晃,又狠命睁一睁,到现在我脑里还清清楚楚画着当时的他的像。果然名不虚传,唱音高而清,作工稳而柔,切合身分,亦天才也。我对旧剧是门外汉,我觉着今晚唱得最好的是梅和姜妙香(名小生),我仿佛中了魔似的,我还要再看他的戏呢。

剧后,坐洋车返西城。车经八大胡同,对我又一奇迹也。宿于静轩处。

今天总之是很充实的,很富于变化和刺戟的:天桥第一次去,梅第一次看,八大胡同第一次走,对我无一不是奇迹。是今总之是很充实的。

(二十九日晚补记)

二十九日

昨晚一时才睡,今天老早就给同寓念英文的吵起来。

因为北平大今天出榜,静轩只是沉不住气。八点钟我同刘君到中南海北平大校长办公处去看了〈一〉次,还没出,而等候的已大有人在。因为觉得等着太无聊,便到中南海公园去绕了一周,这还是第一次呢。里面果然好,荷花早已过时了,但残留的一朵一朵,红似血,却更有韵致。东边是故宫,**耀眼的黄瓦在绿树堆顶上露出来,北边白塔高高地、静默地伫立着。**

绕了出来,仍没出,只好回去。顺路到美大书屋买了两张画片——Tolstoi[托尔斯泰]大的一张,Beethoven[贝多芬]、Rodin

〔罗丹〕小的各一张,里面有石膏的 statue〔雕像〕,非常好。十二点,我个人又去中南海,榜张出来了,却没有静轩的名。静轩的最后的希望完了,他要怎样难过呢?我简直想不出怎样对他说。果然他听了以后,又拍床,又要回家……我只好劝他冷静,拖他到东安市场吃了一顿饭,解解忧。

出市场到印其处等车,四点半回校。

晚访姜春华闲谈。在长之处看到柏寒的信,说大概要休学一年,噫!

晚早睡。

(三十日晨补记)

三十日

起得很晚,只读了法文。因为听岷源说,吴雨僧先生有找我们帮他办《大公报·文学副刊》的意思,我冲动地很想试一试。据岷源说,从前浦江清、毕树棠、张荫麟等帮他办,每周一个 meeting〔会议〕,讨论下周应登的东西,每人指定看几种外国文学杂〈志〉,把书评和消息译了出来,因为他这个副刊主要的就是要这种材料。想帮他办,第一是没有稿子,因为这刊物偏重 Theory〔理论〕和叙述方面,不大喜欢创造。我想了半天,才想到从前译过一篇 Kuno Francke 的《从 Marlowe 到 Goethe 浮士德传说之演变》[①],今天正是 Goethe〔歌德〕百年祭,所以便想拿它当敲门砖,请吴先生看一看。于是立刻找出来,立刻跑到图书馆,从破烂的架子里(正

---

① Kuno Francke 的《从 Marlowe 到 Goethe 浮士德传说之演变》:库诺·弗兰克的《从马洛到歌德浮士德传说之演变》。

在粉刷西文部）钻过去，把 German Classics［《德国古典作品集》］第二本找出来，同译稿仔细对了一早晨。

吃了饭就抄，一抄抄了一过午，六点半才抄完。给长之看了看，他说我的译文里面没虚字，我实在地怕虚字，尤其是口旁的，尤其是"哟"。

长之说他已经找好了房子了（张文华替找的），我心里总觉着不痛快，我同他约好，已将一年，而现在撇开我。访王炳文不遇，为房子问题。

晚上仍抄，抄 Don Marquis 的《一个守财奴的自传》的序，预备投"华北副叶"。

今天早晨，替柏寒打听能不能用津贴，然而我的津贴来了（25元），领出来，快哉。

第一次吃广东的什锦月饼，还不坏。

自来对德文就有兴趣，然而干了二年，仍是一塌糊涂，可恨之极，是后每天以两小时作为德文之用。

三十一日

早晨起来仍继续抄 Don Marquis，到图书馆查了《大英百科全书》Marquis 的传，译了附在文后。Marquis 是诗人、剧作家，而所写的东西总有幽默的色彩。即如这一篇，骂犹太人贪财，但是许多人何尝不这样。而且在这里面还能看出来，人们（是）对特有的一件事的沾执（长之说）。

读法文。饭后读德文。

晚上到长之屋里看了看。大千替找的 350 号房子听说开着门，我去看了看。原来（听娄说）江世煦还在杭州。同工友说好了，又跑了一趟拿一床毯子铺在床上，以防人占，房子问题算放了心了。

我对长之总不满意，某人要对他好，他总捧他，我还是说他 prejudice 太大。

岷源借五元。寄行健信。

九月

一日

寄友忱信。寄《华北日报》"副叶"稿。

（以下二日补记）早晨仍读德、法文。

午饭后，当我正在屋里坐着默思的时候，忽然宿舍办公室来找我。到了那里一看，才〈知〉是我在大楼定的房间又叫人（熊大缜、崔兴亚）占了，我同他交涉了半天，他才又允许把东西移出去，还是我住。我回来后，我赶快把东〈西〉用洋车搬了一部分去。

略为整理，晚〈上〉就睡在那里。

一换地方，心里只是不安全，几乎半夜没睡着，又听到北边的枪声。

晚饭后，访吴宓未遇。

现在同学占房子简直像军阀占地盘一般地热烈。

二日

昨晚通宵失眠，起得又特别早，当我推开朝北的窗子的时候：一片濛〈濛〉的朝雾，似无却有，似淡却浓，散布开去，一直到极远的地方。而近处的翁郁绿树却显得〈更〉翁郁了。在这层雾的上边，露着一片连山的山头，顶是蒙着白雪（塞外）——绿树衬着白雪，你想是什么景色呢？起来后，我仍到二院来，因为我的东西只搬了一部分，想念的书都还在二院。心悬两地，只是坐立不安。在大楼和二院之间来往了三四次，每次去都带一点东西，把 Tolstoi 像也带去挂上了。

过午接到璧恒公司的信，说钱已收接，已向德国代定 *Goethe*，六星期可到，我非常喜欢。

写致梅城姐信，托 Herr[①] 王索要目录信。昨晚读了一本《幻灭》，今日又借了达夫《薇蕨集》和《莫斯科印象记》来读。

晚访吴宓（同 Herr 王）。室内先有客在。在外等候多时，坐荷池畔，听鱼跃声，绿叶亭亭，依稀可辨，星光共灯光，飘然似有诗意。

冒险叩门，约以明晚来访。

归眠于大楼。

（三日补记）

三日

发梅姐信，要目录信：

---

① Herr：德文"先生"。

Tsing Hua Yuan, Peiping

Sept.2，1932[1]

Maggs Bros

34&35 Conduit Street

London W.[2]

一起就跑到二院。其实也无所事事，不过总有点舍不了似的。洗脸回来，看到岷源留的字，约我去散步，访之同出。到注册部看了看用的书，只近代小说一样就占了四本，小说又有五本，真要命呵。归后又携一部分书返新大楼，顺路在北京图书公司买了本 *Madame Bovary*［《包法利夫人》］。

过午我忽然觉到这样两下里跑毫不能念书，于是决心都迁了过来，并且换了张桌子。晚饭后访吴宓，已进城，共访彼三次矣。

晚整理东西，大汗。

听长之说，《大公报·现代思潮》，归张崧年接办，改称《世界思潮》，精彩已极，对张的发刊辞，大加捧。彼自今日起定《大公报》。

晚读《莫斯科印象记》。觉得苏俄真是天堂，但吾在中国洋八股先生手里，天堂是早不敢希望的，恐怕比地狱还……罢。

（补记四日）

---

[1] Tsing Hua Yuan, Peiping Sept.2，1932：清华园，北平 1932 年 9 月 2 日。
[2] Maggs Bros 34&35 Conduit Street London W.：伦敦西区康迪特街 34—35 号麦格斯书店。

四日

早晨读法文。仍然觉得不安定。

过午,大千来校,同长之往彼屋闲谈,在座者并有熊迪之大少爷等。回屋以后,刘玉衡君来访,言已把东西搬了来。李秀洁、张延举同来。于是跑出大门把他们接进来,先住在二院104号,谈了半天。

晚上一同吃饭。

本来约定同访吴雨生先生,因大千约我替他搬东西,故又急急赶回新楼。在长之屋遇见他,他不搬了,谈了半天。

又到我屋里谈了半天。

九点,约岷源访吴先生,在。从系里的功课谈《文学副刊》,我允许看 London Times: Literary Supplement〔《伦敦泰晤士报·文学副刊》〕,并把稿子交给他。吴先生说话非常 frank〔坦率〕,实在令人钦佩。据说,他也非常 whimsical & nervous〔性情古怪和神经兮兮〕。他屋挂着黄节写的"藤影荷声之馆",实在确切。阅报见张宗昌在济南被郑金声侄及一陈某刺死,有说不出的感觉。

长之总是有 prejudice——王肇裕为例。

(补记)

五日

早晨,什么也没读。

帮着大千搬家,累了个不亦乐乎。大千现移至310号与长之斜对门,我们都在三层楼上。午饭与大千同吃。

第一辑　1932年8月22日—1932年10月28日

过午本约与岷源同进城，嗣觉天气太热，延〈迟〉不欲，乃止。同李秀洁等沐浴。

晚饭后，领他们逛了逛。

回屋后长之来访。他拿了他的近作，《一只小鸡儿》给我看，倒确能表现出他的意思来。我以前初次看他的诗的时候，我觉得真好，例如《思峻岑》《懈弛》《我思想这个》《深秋的雨》，都是我所极喜欢的。说也怪，当时我觉得，即便与所谓成名的诗人的诗放在一块，也不但不有愧色，而且还要强些。

他现在的诗，我觉得涩化了，同时也深刻化了。《第四十一》（拉甫列涅夫作，曹靖华译）读完了。很好，表现法是新的，里面有种别的书里没有的生命力。

岷借五元。

（六日补记）

六日

晨起坐洋车进城，主要就是想买双鞋。先至静轩处，他已搬了家，搬至白庙胡同二十一号，并得见沛三、连璧、菊岩等。出至琉璃厂，想把 Contemporary Novel ［当代小说］全买了，却一本也没有，只买了本 H. Belloc 的 First & Last ［希莱尔·贝洛克的《最早与最终》］。

至市场吃饭、买鞋，至新月买（替长之）《现代伦理学》，至马神庙景山书社预约郑振铎《中国文学史》。

乘洋车归，遇梁兴义、严懋垣于校门口。回屋后，吕宝东自城内来，亦移来新楼，闲扯至晚饭。

饭后同李秀洁等至大千室闲谈。

读《西游补》（董若雨作，施蛰存校点）。

七日

今天是新同学入校办理手续的第一天，挺胸歪帽不顺眼者颇不乏人。体育馆内大行其 Toss[①]，共有十三项之多。

早晨导李秀洁等赴注册部，由八点至十一点始得完毕，可见拥挤之甚。又至医院。午饭归来，一觉黄粱，二时半始醒，盖早晨往来于体育馆注册部者不下三次矣。

午饭前，在大千室与长之谈话，彼以反对 Toss 未成，颇有意气用事之状！

李等对 Toss 颇形踌躇，最后乃决心 pass 毕。缴费注册赴宿舍办公室，一人一抽签，真真岂有此理，争之不可，吵之不可，乃抽。李秀洁住三72（与人对移至55），刘玉衡住三62，张彦超住二67，张延举住63。

晚一梦至十点半。

《西游补》读完，我觉得这是非常非常好的一部书，完全以幻想为骨干，利用旧的材料，写来如行云流水，捉摸不定，写幻想至此，叹观止矣。其中卖弄才情，乃文人结习，不足深怪。

---

① Toss："拖尸"，二三十年代清华大学老生捉弄新生的一种活动。原指四个人拽起一个人的四肢向空中抛的动作，后演变出多种花样，例如"搜索敌军""测肺呼吸量""吃苹果""丈量精确度""鼻力测验"等。

八日

早晨读了点法文。

在长之屋遇梁兴义、严懋垣、郭骞云三人，说刚访我未遇。领他们检查身体，一同午餐。

饭后大睡。

Herr 施自天津来，伴之赴洗衣房。

晚饭后，领李秀洁等赴大同成衣铺。

在我认识的西洋文学系同班中，我没有一个看得上的。Herr 王脾气太神经质，注意的范围极小。Herr 施简直是劣根性，这种劣根性今天又大发作。

晚姜春华、大千、长之同来我一屋讨论请求增加津贴名额。

张露薇又同长之来，大骂赵景深。

九日

早晨除了读了点法文以外，可以说什么也没干。我老早就想到阅报室里去，因为我老希望早些看到我的文章登出来。每天带着一颗渴望的心，到阅报室去看自己的文章登出来没有，在一方面说，虽然也是乐趣，但是也真是一种负担呵。

午饭后 Herr 武来室内送书，他躺在床上看《西游补》，我不好意思去睡，于是伏在桌上哈息连天，真难过啊。好歹他走了，于是一梦黄粱。

晚饭后访李等。在合作社遇梁、严、郭，说刚找我没找到。跟着他们巡视一周。回室又无所事事了。

这几天因学校正是混乱时期，我的心也终日萍似的飘流着。

十日

昨夜，在朦胧的梦里，听唰唰的声音，风呢？雨呢？不管它，又睡去了。

今天起来，果然下了雨了，而且还很大。雨水顺着墙流到窗子上，一滴滴往下滴，溅得满桌子是水。最近多时不下雨，心里也有点望雨，不意移居后的第一次雨，就闹水灾。

水灾没完，接着是饥荒。早晨心里仿佛塞满了云也似的，飘飘的，不能读书，看着窗外云气苍茫一片浓翠色的乡园，如有诗意。午饭时候，仍不停。叫工友买面包，又没有，饿了个不亦乐乎！

过午到 Herr 王处闲扯。

回来坐在窗前，看烟笼着的远树，白云一片片在山腰里飞。雨过了，山色本来是苍翠有点近于黑的，衬上白云，云越显得白，山也越显得黑了。

晚上找 Herr 施闲扯，遇小左，大扯一气。Herr 施劣性大发，没出息。

十一日（星期〈日〉）

今天晨间天空又下起雨来。

我冒雨到图书馆去看报，我的稿子还没登出，妈的。

又到邮政局去寄袜子（上元街），星期〈日〉不寄。发致梅姐信。

翻江君书,翻到两本凫公的《人海微澜》,有吴宓序,作得还不坏。今天全部时间都消磨在读这本小说了。

过午,施、王、武三君来室闲扯,竹杠满天飞,终于谁也没敲着。一同访 Winter①,碰橡皮钉一枚。

今天早晨功课表出来了,我一共四十二学分。

今天买了本 Faust [《浮士德》] 英译本,一元五。

十二日

长之成见之深,无与伦比,每发怪论以自得。今日硬说选英文以陈福田组为最好,张文华极力诋其非,彼无言,言语仍坚持,真没道理。

又言北大选修之自由,予颇不以为然。选修自由有过于清华者乎?北大的确有北大的好处,但也不能盲目地瞎捧。理想是理想,外表上看的尤不可靠,一与现实,就另是一回事了。长之也未必深切了解北大。(晚八时)

早晨就跑到二院,先缴费($16.2),后注册,再选课。我选的是三年德文、二年法文、文艺复兴、中世纪、莎士比亚、现代文学、近代戏曲、西洋小说,40学分,我还想旁听 Ecke② 的 Greek [希腊语] 和杨丙辰的 Faust [浮士德]。今年一定要大忙一气的。

干了一早晨,头也昏了。吃饭多吃了几个馒头。饭后,梁严二

---

① Winter:罗伯特·温德(1886—1987),1925年由吴宓荐任清华大学外文系教授。时为清华大学西洋文学系教授。
② Ecke:古斯塔夫·艾克(1896—1971),德国汉学家。1928年至1933年任清华大学德语教授。时为清华大学西洋文学系教授。

君来找，严君要转北大，没意见！替梁筹划好了课程。

　　回来刚要睡觉，江世煦同大千来，江君刚回来。过了一会，又要睡觉，Herr 崔来，蘑菇了半天。

　　Herr 陈今天来校，我看见他副神气，我就讨厌。Herr 吕也够讨厌的。

　　今天一过午，心里不安定，不敢〈一〉直待在屋里，恐怕碍（耽搁）江君的事，不能〈不〉出去走走，又没处去。

　　今晨把袜子寄给秋妹。过午接到叔父来信，叫送李宅奠仪五元。

十三日

　　昨晚在床上读茅盾的《宿莽》。

　　今早起来，只温习了几个法文不规则动字的变化，就到二院去找了梁兴义、严懋垣，又遇到孔庆铃，帮助他们选好了课到主任处缴了，直累得口干舌燥。购 Sons & Lovers 和 Swann's Way[①]。

　　饭后同施、王二君出校闲逛，买水果数事来我屋共啖。

　　浴时逢田德望邀来室一谈。

　　晚饭后访王施两次，皆未遇。北京图书公司言五时可有新书到，来往该处数次，皆无人。又往工字厅访杨丙辰先生，尚未来，累了个不了。

---

① Sons & Lovers 和 Swann's Way：Sons & Lovers，《儿子和情人》，英国作家 D. H. 劳伦斯（1885—1930）的成名作。Swann's Way，《在斯万家那边》，法国作家普鲁斯特（1871—1922）长篇小说《追忆似水年华》的第一部。

十四日

今天早上行开学典礼，老早跑到二院，却不到时候。我又折回来取了注册证领借书证，图书馆实行绝对封锁主义，或者对我们也不很便利。

十时举行典礼，首由梅校长致辞，继有 Winter、朱自清、郭彬和、萧公权、金岳霖、顾毓琇、燕树棠、□□□等之演说，使我们知道了许多不知道的事情。Winter 说的完全希望敷衍的话，谈到欧洲的经济恐〈慌〉，谈到罗马，谈到 Moscow［莫斯科］。朱自清也说到经济恐慌，欧洲人简直不知有中国，总以为你是日本人，说了是中国人以后，脸上立刻露出不可形容的神气，真难过。又说到欧洲艺术，说现在欧洲艺术倾向形式方面，比如图画，不管所表示的意思是什么，只看颜色配合的调和与否。郭彬和想给清华灵魂。萧公权面子话，很简单。金岳霖最好。他说他在巴黎看了一剧，描写一病人（象征各国国民），有许多医生围着他看，有的说是心病，有的肺病，有的主张左倾，有的主张右倾，纷纭莫衷一是。这表示各种学说都是看到现在世界危机而想起的一种救济办法，但也终没办法。他又说在动物园里有各种各样的动物，而猴子偏最小气，最不安静。人偏与猴子有关系，语意含蓄。结论是人类不亡，是无天理。他一看就是个怪物。经济系新请的□某最混（自燕大来的），主张团结以谋出路，简直就是主张结党营私。燕树棠自认是老大哥，连呼小弟弟不止。

饭后便忙着上课，一上法文弄了个乱七八糟，结果是没有教授。再上体育，只有人五枚。三上德文而艾克不至。于是乃走访杨丙辰先生，送我一本《鞭策周刊》，有他从德文译出的 Romeo &

Juliet〔《罗密欧与朱丽叶》〕。坐了一会,长之、露薇继至,杨先生约我们到合作社南号喝咖啡,弄了一桌子月饼。吃完,他又提议到燕京去玩,于是载谈载行到了燕大。一进门第一印象就是秃,但是到了女生宿舍部分却幽雅极了,庭院幽复,绿叶蔓墙,真是洞天福地。由燕大至蔚秀园,林木深邃,颇有野趣。杨先生赞叹不止,说现在人都提倡接近自然,中国古人早知接近自然了。游至七时,才在黄昏的微光里走回来,东边已经升上月亮,血黄红,如大气球,明天就是中秋节了。

晚上在大千〈处〉遇许振英、老钱。回屋后,鼻涕大流。我一年总有三百六十次感冒,今天却特别利害,乃蒙头大睡。

(以上两节十五日补记)

十五日

今天是旧历的八月十五。早晨跑到一院去旁听 Greek,只有一个女生在教室里,我没好意思进去,Ecke 也终于没来。上 Drama①,王文显只说了两句话,说他大忙,就走了。过午杨丙辰的 Faust 昨天就说不上,我回到屋里一睡,醒了后 Pollard② 的 Medieval③ 已上过了。回来读了点法文,吃了晚饭就到武那里一直谈到九点半。

Herr 王真没出息,眼光如豆,具女人风。

昨天同杨先生上燕大,走了成府〈村〉,在一个小庙前面看见一条狗,撒完了尿以后,正〈撅〉着腚抓土。我想它的意思(或者

---

① Drama:戏剧,文中指作者的课程"近代戏剧"。
② Pollard:吴可读(1894—1940),时为清华大学西洋文学系教授。
③ Medieval:中世纪,文中指作者的课程"中世纪文学"。

第一辑　1932年8月22日—1932年10月28日

是遗传下来的习惯）是想把尿埋了，然而它所抓的土量极少，而方向也不对——这也是形式主义了。

今天一天弄得难过，一方面因功课关系，一方面因心情不好。三年德文只有两人选，明年只有我一个人，倘若不能开班，毕不了业，岂不殆哉。

十六日

今天下了一天雨，弄得满地泥泞。到三院等着去上课，却终无教授，今年现代文学一科弄得简直乱七八糟。好歹 Novel①, Pollard 上课了，Renaissance②, Winter 也上课了，讲的话很多。过午我去旁听了一班俄文，字母三十二×，陈作福（俄人）教授，只把字母念了二遍，就写出字来叫别人念，字写得又不大清楚，弄得我头昏眼花。

晚上买了本 Shakespeare's Complete Works［《莎士比亚全集》］，四元半。

施武王三君来游，十钟即寝。

（×前十七日记，后十八日记）

十七日

早起来，上了班法文，Holland③ 泼剌如故，我还没决定是否选

---

① Novel：小说，文中指作者的课程"西洋小说"。
② Renaissance：文艺复兴，文中指作者的课程"文艺复兴文学"。
③ Holland：华兰德，德国人。时为清华大学西洋文学系教授。

她的，她已经承认我是她的学生了，我只好决意选她的。

课后，到图书馆，今天是第一天借书的日子，挤得很利害。遇王、施、武三君，我本想检阅杂志，忽然想到可以去趟西山，征求施、武同意后，乃拖王出。赁自行车三辆，王乘洋车往焉。初次颇舒适，过玉泉山后，泥泞载途，车行极形困难。但是，远望云笼山头，树影迷离，真仙境也。到后先休息后进餐，吃时，遇见一个洋人（德国人），他向我说德文，我给他说了两句，手忙足乱。后来知道他能说英文，乃同他说英文。

饭后先到碧云寺，到石塔上一望，平原无际，目尽处惟烟云缭绕而已。塔后长松遮天。我在树中最爱松树，因无论大小，它总不俗，在许多乱杂的树中，只要有一松，即能立刻看见。下塔至水泉院，清泉自石隙出，缓流而下，声潺潺。院内清幽可爱。来碧云寺已两次，皆未来此院，惜哉。

出碧云寺至香山，循山路上，道路苍松成列，泉声时断时闻。上次来香山，竟未闻水声，颇是失望，今次乃闻，或因近来雨多之故欤。至双清别墅，熊希龄住处也，院内布置幽雅，水池一泓，白鹅游其中。又一小水池，满蓄红鱼，林林总总来往不辍。但皆无所谓，与人世何殊，颇有所感。循水池而上，至水源，状如一井而浅，底铺各色石卵，泉由石口出，波光荡漾，衬以石子之五色，迷离恍惚，不知究为何色，颇是佳妙。但究有 artificial［人工］气，为美中不足。自双清至香山饭店，门前有听法松。下山乘自行车至卧佛寺。这里我还是初次来，金碧辉煌，仿佛刚刷过似的。此寺以卧佛出名，但殿门加锁，出钱始开。佛较想象者为小，但有庄严气，院内有婆罗树一颗，灵种也，折一叶归以作纪念。

出卧佛寺乃归校。

饭后至Herr施屋闲扯，又来我屋闲扯。吕、长之继之，走后已十时半，铃摇后始眠。

十八日

今天是"九一八"的周年纪念。回想这一年来所经的变化，真有不胜今昔之感。我这一年来感情的起伏也真不轻。但是到了现在，国际情形日趋险恶，人类睁着眼往末路上走，我对国家的观念也淡到零点。

早晨在礼堂举行纪念典礼，这种形式主义的纪念，我也真不高兴去参加。一早晨只坐在图书馆里检阅杂志，作了一篇介绍德国近代小说（*Kaiser*[①]等）的文坛消息（从 *Saturday Review of Literature*[②]）。过午也在图书馆。

今天一天阴沉沉的，晚上竟下起雨来。半夜叫雨声惊醒了。

十九日

阴，一天只是濛濛地似断似续地落着雨。早晨只上了一班法文，大部分时间都用在读俄文上。俄文的确真难，兼之没有课本，陈作福字又写得倍儿不清楚，弄得头晕脑浑，仍弄不清楚。过午上俄文，大瞪其眼。

---

① *Kaiser*：《皇帝》。此处应指乔治·埃伯斯（Georg Ebers）的 *Der Kaiser*。
② *Saturday Review of Literature*：《星期六文学评论》，英国期刊，1855年开始发行，后期文学意味更加浓厚，1938年停刊。

过午大部分时间仍在读俄文。

到图书馆新阅览室看了看,西洋文学系的 assignment［指定书目］倍儿虎。

我译的《Faust 传说》,听说是今天给登出来,但是没有,真不痛快。抄文坛消息。

二十日

仍然是一天阴沉沉的。第一班法文,下了班就读俄文。接着又上班。过午第一堂是俄文,瞪的眼比昨天少。俄文有许多字母同英文一样,但是读法却大不相同。所以我虽然拼上命读,仍然是弄混了,结果一个字也记不住。几天来,头都读晕了,真难。

德文艾克来了,决定用 Keller 的 *Romeo und Julia auf dem Dorfe*[①]。

抄文坛消息,预备明天寄给吴宓。

又下起雨来了。

二十一日

早晨仍然下雨,透过窗子,仍然可以看见濛濛的灰云笼住远山近树,但为功课所迫,没那么些闲情逸致。

我以为老叶[②]不上班,他却上了,我没去,不知放了些什么屁。

小说,吴可读说得倍儿快,心稍纵即听不清楚。

---

① Keller 的 *Romeo and Julia aufdem Dorfe*:凯勒的《乡村的罗密欧与朱丽叶》。凯勒(1819—1890),瑞士作家。

② 老叶:叶公超(1904—1981),时为清华大学西洋文学系教授。

俄文没去，因为太费时间。今年课特别重，再加上俄文实在干不了，马马虎虎地干也没意思。

买了一本 Chief Modern Poets［《主要的现代诗人》］，老叶的课本，九元七角，据说是学校 order［订购］的，这价钱是打过七折的，印得非常好。

今天我忽然想到，我真是个书迷了。无论走到什么地方，总想倘若这里有一架书，该多好呢！比如游西山，我就常想到，这样幽美的地方，再有一架书相随，简直是再好没有了。

过午读 Keller，生字太多，非加油不行。

日记是在摇曳的烛光里记的。

二十二日

今天一天没工夫，日记是二十三〈日〉补记的。

没有什么可记的事情，虽然是补记。早晨上班，过午仍然上班。因为到注册部去交退课单，看见布告，说请朱子桥①演讲，我便去听了听。说话声音宏亮，时常杂了许多新名辞，但都用不得当。Broken expression［表达支离破碎］，他自以为人家明白了，但人家却须去费力猜——总之，是粗人的演说，是军人的演说。

他讲完了，又是查勉仲演〈讲〉，是学界出身，但说话也断续，无头绪。

晚上睡得很早。

---

① 朱子桥：即朱庆澜。

二十三日

早晨只是上班，坐得腚都痛了。

过午，第二次 Ecke 开始进行功课。Keller 文章写得不坏。

在下了课回屋的时候，我接到秋妹的一封信。报告了三个消息，一个是小宝死了，据说是中毒死的。这么乖巧的个小孩竟死了，我还有什么话说呢。一个是王妈死了，我真难过，她这坎坷的一生，也尽够她受的了。早年丧夫（秀才），晚年丧子，一生在人家佣工，〈为〉何上帝造人竟这样不平等呢？竟这样不客气。自去年我听到她病了回家以后，我只是难过，但仍然希望她不至于死，或者可以再见一面，然而现在绝望了，我真欲哭无泪啊！回想我小的时候，她替我扇蚊子，我有什么好处对她呢？

——王妈死了，一个好人。

自去年因家中多故，又兼"六亲同运"，我仿佛眼前忽然开朗了，仿佛去了一层网似的，我对人生似乎更认识了。

三是报告德华有喜。我简直不知道是喜是悲。一方面我希望这不会是真的，一方面我又希望，I don't myself know whether I am happy or sorry［我不知道自己是喜是悲］。我的思想时常转到性欲上去，我这时的心情，我个人也不能描写了，我相信，也没有人能够描写的。

晚上杨丙辰先生请客，在座的有巴金（李芾甘），真想不到今天会能同他见一面。自我读他的《灭亡》后，就对他很留心。后来听到王岷源谈到他，才知道他是四川人。无论怎样，他是很有希望的一个作家。

吃了个大饱，日记是在摇曳的烛光下记的。

二十四日　星期六

早晨上了一班法文,到书库里去检阅了一次。四月以来,这还是第一次,排列的次序也变,手续复杂了,总觉得不方便,大概无论什么事情才开始都有的现象罢。

过午读 Keller。

晚上开同乡会,新同乡与旧同乡数目相等,不算很少了。食品丰富。这种会本来没有什么意〈义〉,太形式化了。

明天本打算进城,散会后同遂千到车铺去租车,却已经没了,sorry［遗憾］。

今天听梁兴义〈说〉,颐和园淹死了一个燕大学生,他俩本在昆明湖游泳,但是给水草绊住了脚,于是着了慌,满嘴里大喊:"Help！"中国普通人哪懂英文,以为他们说着鬼子话玩,岂知就真的淹死了。燕大劣根性,叫你说英文。

二十五日　星期〈日〉

阴沉。本想进城,未赁到自行车,作罢。大部分时间都用在读德文上。德文只是生字太多,倘若都查出来,句子也就懂了。

晚上,到大千屋闲谈,大千令兄在,于是胡扯一气,直到十点又回来读法文,因为明天第一课就是法文,弄得日记也没能记,是星期一补记的。

二十六日

晚上朦胧地醒来,外面是潇潇的雨声。对床大千正在拼命咬牙，声吃吃然，初听还听不出是什么声音呢。

本来我星期一只一课，现在七改八改弄得第三年德文也成了今天上，杨丙辰先生 Faust 也今天上，忙起来了。

早起法文完了，就读德文。到书库去了一趟，看见架上的法文书，如 La Fontaine①，Flaubert②……真是倍儿棒，不禁羡慕之至，弄得一天只是想买善本书。

午饭后仍读德文。

晚上杨先生 Faust 改至下星期上课。到田德望屋。去看 Homeric Grammar［《荷马语法》］，我想买一本。我对希腊文本就有很大的趣味，我老以为希腊文学是人的文学，非学希腊文不行。

二十七日

最近我愈加对长之感到讨厌。昨天他忽然对我说，他要联络同乡，以据得某种权利，而与"南方小子"斗争，真没出息。说实话，以前我一向以他为畏友，不意他的劣根性也极深，主观太深，思想不清楚，对不懂的事情妄加解释，又复任性使气（Toss 为例），真是出乎意料之外呵！

除了上课以外，只是忙着看德文。生字太多了，看来非常费事。

过午看足、篮球挑选手。

晚上仍是读德文。头晕脑胀，开始看 Swann's Way。

---

① La Fontaine：拉封丹（1621—1695），法国寓言诗人。
② Flaubert：福楼拜（1821—1880），法国作家。

二十八日

晴。

今天上叶公超现代诗，人很多，我觉得他讲得还不坏。他在黑板上写了 E. E. Cummings[①] 一首诗，非常好，字极少，而给人一个很深的回音。不过，interpretations［解释］可以多到无数，然而这也没关系。我总主张，诗是不可解释，即便叫诗人自己解释，也解释不出什么东西来，只是似有似无，这么一种幻觉写到纸上而已。据他说 Cummings 是 Harvard［哈佛大学］毕业生，有人称他为最〈伟〉大诗人，有人骂他。

过午仍读德文。现在德文上课时间一改（星〈期〉一、星〈期〉三），觉到非常忙迫，不过一礼拜以后便可以松一点。

晚上译法文。

真出乎我意料，我的《〈守财奴自传〉序》竟给登出来了，我以为他不给登了哩。

二十九日

今天一天实在没有可记的事情。

早上班，晚上班。

Drama 同 Shakespeare 实在有点儿受不住，坐在那儿简直等于抄写机器。

过午中世纪（Medieval）也够要命的。

Herr 王的书来了，其中以 Faust 为最好，可惜是日本纸，未免

---

① E. E. Cummings：E. E. 卡明斯（1894—1962），美国诗人、作家。

太 vulgar［俗气］。R. Browning① 诗集有美国气。

晚上读 *Emma*② 三十页，抄 Rare Books，预备买两本，我也知道，Rare Books 太贵，但是总想买，真奇怪。

三十日

现在上起班来，生活实在觉得太单调。

早晨一早晨班，屁股都坐痛了。

过午检查身体，累了个不亦乐乎，回屋来就大睡其觉，一直 Herr 田同 Herr 陈进来才醒。

晚上也没有什么东西，懒病大发，瞪着眼看桌子，却只是不愿意看书。

十月

一日

今天只有一班法文，下课后，乘汽车进城，同行者有 Herr Chen。先到东安市场看旧书，结果一本也没买，有一本 *Story of Philosophy*［《哲学的故事》］，给他四元还不卖。出市场至荫祺③处，乃同赴东城找鸿高等，途中午餐炮羊肉。至蚂螂胡同，鸿高东

---

① R. Browning：布朗宁（1812—1889），英国维多利亚时期的重要诗人。
② *Emma*：《爱玛》。英国小说家简·奥斯汀（1775—1818）的代表作。
③ 荫祺：即"印其"。

西已移至东颂年胡同六号，房主云尚未回平。乃往六号访贯一，至则贯一未在而梁叔训、森堂在，大谈一阵。据森堂云鸿高定今日返平，已而鸿高果至，真可谓巧矣。

后又至北大二院景山书社取书（郑著文学史，共六本）。

由北大至白庙胡同访静轩，开门则见一 Miss 卧榻上，颇不恶，余大惊，连呼 sorry 不止。盖静已移至李阁老胡同，而余不知也，真是一件荒唐事。

乘汽车返校，晚间施、王、武三君来屋闲聊，施发现余之文学史内有错页，乃托彼往换。

二日

连日大风，颇觉不适。

早晨随长之到门外买烤白薯。又至民众学校图书馆，已移至楼上学生会办公室。

归读德文 Keller。

午饭后仍读 Keller，单字太多，非加油不行。

晚预备法文。

焚烛读鲁迅《三闲集》，此老倔强如故，不妥协如故，所谓左倾者，实皆他人造谣。

三日

风，阴沉。

国联调查团报告出来了——哼，一纸空文，承认东三省变相独立,中国政府倚靠国联!当头一棒,痛快!

早晨上了一班法文。即读 Shakespeare 的 *Love's Labour's Lost*〔《爱的徒劳》〕,非常难懂。

过午读 Keller,一直到上班。因 Barge〔巴尔格〕头痛,我乃大吃其亏。一译译了二页,confused〔糊涂〕至极。德文非加油不行。最近我因为有种种的感触,先想到加油德文,又法文,又英文——都得加油了,有时又先想到加油法文,次德文,次英〈文〉——仍然都得加油。总而言之,三者都加油,同时也还想学 Greek。

晚上杨丙辰先生 Faust 第一次上课,挤了一堂,纵的方面,一二三四年级研究院,横的方面,工程系、心理系,而特别与生物系有缘,该系往听者,以我所知而论共三人。杨先生大发议论,宇宙问题,人天问题,谈锋极健,说来亦生气勃勃——这是以前不知道的,亦能自圆其说,不过我总觉得,rather by intuition〔主要靠直觉〕,他的思想不健康。

写信家去要四十元。

四日

晴。

忽然决意想买 Robert Browning,共约二百元。今学期储最少二十元,下学期一百元,明年暑假后即可买到。

早晨一早晨班,我最怕 Quincy〔王文显〕和 Urquert〔吴可读〕,他俩是真要命,今天一班 Drama、一班 Shakespeare 就足够我受的了。

晚上预备德文，头痛脑晕。

五日

我最近不知为什么喜欢 Contemporary Poetry ［当代诗］这个 Course ［课程］，但今天老叶讲的确不高明。

紧接着 Novel 又是要命的课。

下午旁听第三年英文，盖受人诱惑也。Winter 教，教的是 R. Browning 的诗，还不坏。

德文又弄了个一塌糊涂。

今晚饭 Herr 施请客，共吃肘子一个，颇香，肚皮几乎撑破了。

今天功课多而重，头觉得有点痛，早睡。

六日

早晨上法文，预备错了，急了个不亦乐乎，幸亏只问了一句，也还翻得不坏。Holland, peevish ［易怒］而 obstinate ［固执］，不过还卖力气。

过午上了班 Medieval，说下星期四要考。

又觉着没有事作了。长之来谈一过午，说星期六要回济一行。因其父有病（脑膜炎），非常凶，济南医生几乎请遍了，现在虽然危险期已过，但家中来信闪烁其辞，终不放心，须〈回〉家去看看。家中一生病，连带着发生的便是经济问题，与去年我的情形差不多。

晚上看 Swann's Way。

今日读《中国新文学的源流》。我总觉得周作人的意见，不以奇特唬人，中庸而健康。

七日

大风。早晨一早晨班，屁股坐痛了。

午饭后，长之来屋，说他就要回济南。我送他上汽车，黄风大作，沙土扬起来往嘴里钻。

过午头一堂我旁听英文，Winter 讲的，的确不坏。在图书馆里检阅，想作篇文章寄给吴宓，终于没能找得到。

晚上开级会，到会人数极少，一进门就嚷着吃茶点。所谓讨论会务简直是胡诌八扯。终于茶点吃到了，于是一哄而散，不混蛋者何其少也。

八日　星期六　即旧历重九

因为明天是星期〈日〉，后天又放假，所以心情格外觉得轻松。早晨在图书馆检阅杂志，看 Masaryk 和 Lunacharsky 论 Goethe[①]。

饭后同王、武两君到校东永安观去玩，到了才知道王有几个同乡住在那里。殿宇倾圮，庭生蔓草，与王君同乡屋内相比，实相天渊，盖屋内整理异常清洁。据王君说住在那里念书。为什么来这样一个偏僻小村去住，真怪。

过午读叶公超先生指定杂志，不觉对 Modern Poetry［现代诗］感到很大的趣味。我想把他指定的都读读，然后作一篇关于 Modern

---

① Masaryk 和 Lunacharsky 论 Goethe：马萨里克和卢那察尔斯基论歌德。

Poetry 的论文。

晚上仍然读。

九日

早晨本想多在床上躺一会，但因昨晚喝豆浆太多，半夜就想撒尿，现在实在再也不能忍了，于是乃起来。

到图书馆看 Tendency towards pure peotry［《倾向于纯诗的趋势》］，昨晚未看完，今完之，并作笔记。

过午看 R. Graves 的 State of Poetry［格雷弗斯的《诗歌的状况》］，不得要领。在 American Mercury［《美国信使》］上发现 Faust 又有 Prof. Priest［普利斯特教授］的新译本，乃作一篇小文，拟投"文副"。

晚上看 Emma，写致印其信。看 Keller。在图书馆又发现也是 American Mercury，U. Sinclair 的新作 American Outpost［辛克莱的《美国前哨》］，作一文。

十日

今天是国庆日，然而像这样的国庆日也尽够人受的了，政府现通令禁止庆祝，各报也无颜再说什么吉庆话。

早晨作文坛消息两篇，一关于 Faust 英译本，一关于 U. Sinclair 近著 American Outpost。读 Keller。

过午读 Medieval，"文副"稿子还没登出来，真急煞人也。访吴宓，只谈几句话。

晚上读法文，拟作一文批评周作人《中国新文学的源流》。

十一日

早晨上班，王文显仍然要命。

过午，旁听英文，Winter 讲得不坏。

在图书馆看 Medieval。

找吴宓关于请 Winter 演讲事。

晚上读 Confessions〔《忏悔录》〕。

今天长之回来了，晚饭一块吃的。谈到我要作一篇文评周作人《文学源流》时，我们讨论了多时，结果发现周作人承认文学是不进化的，我作文的大前提却是承认文学是进化的，但是大前提事前并没觉到，只感觉到好像应该是这样。经长之一说，我倒不敢觉到应该是这样了，这个问题我还得想一想。

最近我想到——实在是直觉地觉到——诗是不可了解的。我以为诗人所表现的是 himself，而长之则承认诗是可以了解的，他说诗人所表现的是人类共同的感情。

十二日

倘若诗表现共同的感情，诗人是不是还有个性？

我对于近代诗忽然发生兴趣，今天老叶讲得似乎特别好。

过午看德文，觉得比以前容易了。

旁听英文，Winter 讲得真好，吴老宓再读十年书也讲不到这样。今天讲的是 Victor Ignatus〔维克多·伊格内修斯〕。

晚上预备中世文学,因明天有考也。

十三日

阴冷。

从几天以来,枫叶已经红了。今天接到荫祺的信说星期六来找我到西山去玩。

早晨接到家里的信,并大洋四十元。说二姐已经搬到高都司巷去了。襄城哥十月十三日结婚,倘若是国历的话,岂不就是今天吗?我想恐怕是阴历的。

过午考中世纪,一塌糊涂。

听胡适之先生演讲。这还是第一次见胡先生。讲题是文化冲突的问题。说中国文明是唯物的,不能胜过物质环境,西洋是精神的,能胜过物质环境。普通所谓西洋物质东洋精神是错的。西洋文明侵入中国,有的部分接受了,有的不接受,是部分的冲突。我们虽享受西洋文明,但总觉得我们背后有所谓精神文明可以自傲,譬如最近班禅主持〈时〉轮金刚法会,就是这种意思的表现。Better is the enemy of good [更好是好的敌人]。我们觉着我们 good enough [足够好],其实并不。说话态度、声音都好。不过,也许为时间所限。帽子太大,匆匆收束,反不成东西,而无系统。我总觉得胡先生(大不敬!)浅薄,无论读他的文字,还是听他说话。但是,他的眼光远大,常站在时代前面,我是承认的。我们看西洋,领导一派新思潮的人,自己的思想常常不深刻,胡先生也或者是这样吧。

过午又接家中寄来棉袍。

昨天郭佩苍来请我作民众学校教员。固辞不获，只担任一点钟。不过为好奇心而已。

十四日

早晨上课。

过午仍旁听英文，Winter 讲得的确好。

今天该到民众学校去上课，心颇忐忑，真没出息。因为这是生平第一次上讲台去教人，或者也是不能免的现象罢。

先到民众学校办事处，会见唐品三、佩苍，课本是《农民千字课》。

学生一共十个，三个不到。活泼天真，教人觉到亲近。叫他们念，他们都争着念，喧哗跳跃，这正是他们富于生命力的表现。先前自己还觉着在讲台上应当 formal［正式］，serious［严肃］，然而一见他们，什么都没了。

晚上看法文。

十五日

早晨上法文，练习作得太坏，非加油不行。

Holland 又叫我们作文，她用法文说了两遍。我没听懂，下班再问，她就不说了。真老混蛋。

梁作友（所谓义士者）终究是个纸老虎。我早就看透了。

午饭同王、武、施三君骑车在大礼堂前徘徊多时。读 Keller，较前为易。

荫祺说今天来，然而七点汽车进校，却没有他。我回到屋里以后，梁兴义来，长之、荫祺亦来。

十六日

早晨去赁自行车，已经没有了，只好坐洋车到西山。

刚过了玉泉山，就隐约地看到山上红红的一片，从山顶延长下来，似朝霞，然而又不像。朝霞是太炫眼了，这只是殷殷的一点红。

由香山一直上去，连双清别墅都没去。顺小径爬上去，忽然发现了一丛红叶，仿佛哥伦布发现美洲似的快乐。再往上看，一片血斑似的布满了半山。乃努力往上跑去，一直到红叶深处——近处的显得特别鲜艳，尤其当逼视的时候，简直分不出那个红那片不红。远处却只有霞光似的闪烁着，一片，一片，一丛，一丛。

我们在树下大吃一顿。一边是鬼见愁，高高地立着，下面濛濛的烟霭里，近的一点是玉泉山，远的一点是万寿山，再远，苍茫一片，就不知道是什么地方了。

下山后，又到碧云寺去玩了一趟。

早晨天本来很好，刚到〈山〉上时，仿佛要下雨，一会儿太阳又出来了。然而当我们在往碧云寺的路上的时候，风又吹起来了。

我们喝了一路风才回到学校。

荫祺五点半走。

十七日

早晨法文考了一下，一塌糊涂。

过午因 Ecke 没来，据说有病。往杨丙辰先生处，谈许久。

晚上旁听杨先生讲 *Faust*。这次讲的是民间传说的 Faust 的历史的演进。关于这个题目，我曾译过一篇 Francke［弗兰克］的东西，然而同杨先生讲的一比，差远了。从前我对杨先生得了一个极不好的印象，以后只要他说的，我总以为带点夸大，不客气地说，就是不很通。然而今晚讲的材料极多而极好。

今天"文副"稿子登了一部分。

好，以后千万不要对人轻易地得印象。

十八日　星〈期〉二

早晨法文发考卷，成绩不很好，非加油法文、德文不成。

读 Euripides' *Medea*［欧里庇得斯的《美狄亚》］完。

过午在图书馆读 *French Reader*［《法语读本》］。

晚上看 *Emma*。

最近天气忽然冷起来了。昨晚尤其冷得利害，不得已把棉袍穿上。同时又觉得过早，然而实在也撑不住了。

十九日

早晨上班。

过午体育，跑百米，standard［标准］是十四秒五分之二，而我跑了十五秒。我真够了，我很〈想〉改选国术。德文 Ecke 来了，只上了一点 assignment 就完了。

晚上，作法文文。作法文文，这还是第一次。不过实在说不上是作，实在是抄。

二十日

早晨上课。

过午到图书馆看 Modern Poetry，A. Huxle 的 *Vulgarity in Literature*〔赫胥黎的《文学中的庸俗》〕，主要意思是写 Allen Poe[①]，没有什么意思。

我已决意买 Dante[②] 全集（*Temple Classics*[③]，十二元），Chaucer[④] 和 *Rubaiyat*[⑤]，我本想不买此书，因为已经决定买 R. Browning 了。但是一时冲动，没办法，非买不行。我自己作了个预算，今学年买书费不得超过五十元了。

晚上看 *Swann's Way*，真够 complex〔复杂〕的。

二十一日 星期五

昨天一天大风，今天天气冷极了。

早晨三班，近代小说、西洋小说、文艺复兴，简直等于受禁。

过午，体育。跳高 standard 是四尺，我只跳三尺七（大约三尺

---

① Allen Poe：爱伦·坡（1809—1849），美国小说家、诗人和文学评论家。
② Dante：但丁（1265—1321），意大利诗人，中古到文艺复兴时期最有代表性的作家，代表作《神曲》。
③ *Temple Classics*：庙宇经典（丛书名）。
④ Chaucer：乔叟（约 1340—1400），英国小说家、诗人，代表作《坎特伯雷故事集》。
⑤ *Rubaiyat*：《鲁拜集》，波斯诗人、哲学家欧玛尔·海亚姆的四行诗集。

九能过去,因为太累了)。

今天民众学校送来三个借书证。又去上了一班。学生只来了五个,程度不齐。

晚访遂千闲谈。看法文。看《小说月报·最近二十年德国文学》。

二十二日　星期六

天气冷,终天风。

昨晚躺在床上吃栗子,颇妙。

早晨在图书馆看 Aristophanes 的 *Frogs*[①],只看了一半,我觉到这剧颇有点像中国剧。

过午读 Keller,抄近代德国文人的名字。

借《出了象牙之塔》,看。

问长之,他说,他因为生物实验作不好,有点对生物灰心。他说,人家看见的,他看不见,人家作得快,他作得慢。他又说,《世界日报》副刊艾君骂他,说他只学了点生物学的皮毛,来唬人,自己未必真懂。他笑着说,他或者真成了这样。其实我就以为他是这样了。他对每件事都有意见,这当然很好,不过他的"扯力"也真大,他能在一种事情里发见别的原理,然而大多不通,他自己说来却天花乱坠。譬如他作《歌德童话》那篇文,凡是他那一个期间读的书全扯进去了——歌德与王阳明发生了关系,歌德与生物学某一

---

① Aristophanes 的 *Frogs*:阿里斯托芬的《蛙》。阿里斯托芬(约前446—前385),古希腊旧喜剧诗人。

部分发生了关系，都是他自己在头脑里制成的。他的主观太深，坚持自己的意见。

他又说某英人研究藻类，出书汗牛充栋，然而又有什么用处，普通人不看，科学家不见——他自己说这是对科学起了反叛。不过，我想，科学的目的是得一种彻底的了解。对生命的了解，对宇宙的了解。因为能力的关系，各人不能全部研究，范围愈小，愈易精到。等到把宇宙各部分全研究过了，这种了解就或者可以得到了。这位英人最少把宇宙的一部分研究了。比如堆山，他最少已经堆了一块石头了，哪能说没用处呢？

二十三日　星期〈日〉

大风。

昨晚在床上预备了许多书，预备今天晚起看的。然而因为昨晚喝水太多，又吃梨，刚一醒就想撒尿，虽然竭力忍耐着，在床上躺下去，终于不行。

读厨川白村的《出了象牙之塔》。我在他骂日本人的毛病里，发现了中国人的。白村的思想，我总觉得很 moderate［温和］的，与中国的周作人先生相似。

读 Medea 和 Keller。

过午大睡一通，醒后颇难过。

晚饭后与长之长谈，我看他有转入哲学的倾向。

预备法文。

我的同屋陈兆祊君，这朋友我真不能交——没热情，没思想，死木头一块,没有生命力,丝毫也没有。

吕宝东更是混蛋一个,没人味。

二十四日

早晨读 *Swann's Way*。

《华北日报》才登启事叫去取稿费。

过午因 Ecke 请假,只旁听一堂 Winter。Ecke 真是岂有此理。据说害痢疾,大概又是懒病发作了罢。

同施、王、武三君访 Winter(过午四点),商议演讲问题,他的意思〈是〉不愿意公开演讲,又因一时想不出题目,所以定以后再谈。在他那里喝了杯茶,吃了几块 cakes,大聊一阵。Winter 谈锋颇锋,只一引头便大谈不休,从文学谈到人生政治……他又拿出他的 Stendhal① 全集来,他说他喜欢 A. Gide②、Thomas Mann③。我坐的靠近火(他屋里已经有了火)头痛,因为烤得太利害,老想走,但是他却老说不完,从四点到六点才得脱身,他指我们他画的一张铁拐李,真能!

晚上读 *Emma*、法文、《出了象牙之塔》。

---

① Stendhal:司汤达(1783—1842),法国小说家,代表作《红与黑》。
② A. Gide:安德烈·纪德(1869—1951),法国作家,1947 年获诺贝尔文学奖。
③ Thomas Mann:托马斯·曼(1875—1955),德国小说家、散文家,1929 年获诺贝尔文学奖。

二十五日

过午在图书馆看 London Times: Literary Supplement, Saturday Review of Literature, 又有几个文坛消息可作。

今天主要工作就在读 Swann's Way。晚上睡了一觉，只看了二十页。

读傅东华译《奥德赛》，我想骂他一顿。一方面他的译文既像歌谣，又像鼓儿词，然而什么又都不像。一方面，这样大的工作，应该由会希腊文的来译。翻译已经是极勉强的事，转了再转，结果恐怕与原文相去太远。

二十六日

今天早晨老叶叫作 Paper［论文］。

过午上体育，跳远勉强及格；棒球掷远，差的多。读 Swann's Way。

作文坛消息两则，一 T. S. Eliot[①] 赴美就哈佛诗学教授，一 G. K. Chesterton[②] 又出版新书：Sidelegtes on Newer London & New York & Other Essays［《新伦敦和新约克拾零及其他散文》］。

晚上誊出，看法文。

《华北日报》稿费到，共二元八角。

老想写点文章，只是思想不具体、不集中。奈何！

[①] T. S. Eliot：T.S.艾略特（1888—1965），英国诗人、评论家。
[②] G. K. Chesterton：切斯特顿（1874—1936），英国散文家、评论家、小说家。

二十七日

早晨仍是无聊地上班。

过午,听平教会教育部主任汤茂如先生演讲,题为视察广西感想,大捧李宗仁、白崇禧。他说广西当局现已觉悟,实行平民教育,广西政界非常朴素,薪俸很少,只够过简单生活。教育界颇受优待,全省交通利用汽车路,治安很好,非他省所可及。教育形式方面都有,惟内容不行。平民生活亦颇安定,女人劳动,而男人闲逸,与他省正相反。不过因没有优美的家庭生活,所以犯罪的加多,赌盛行。现省当局预定五年计划,训练民团二百万,并组织政治实验区,在这方面因需平教会,所以特别约汤先生视察。总之他的视察印象很好。

我再说我对汤的印象:第一印象,我觉得他是个官僚。第二个我觉得他很能,见什么人说什么话。

晚间读 Swann's Way, Herr 王来闲谈,铃摇始走。长之生日。

二十八日

早晨连上两班吴可读的课,真正要命已极,吴可读怎么能从 Oxford [牛津大学] 毕业呢,真笑天下之大话。

过午跑一千六百米,共四圈,因为缺少练习,跑到第二圈上就想下来,好歹携着两条重腿跑下来,头也晕,眼也花,也想吐,一切毛病全来。澡没洗好,就赶快回到屋里来,大睡。

又到民众学校上课。又难办,学生程度不齐,而设备又不够。

今天我用所得的稿费请客——肥鸭一只。

晚上东北同乡开募捐游艺会,我的票送柏寒,没去。同长之闲扯,我觉到他是从感情到理智进行着的,他不能写小说。然而他不服气。

同访杨丙辰,谈少顷即回屋。

预备法文。

第二辑

1932 年 10 月 29 日—1933 年 10 月 31 日

二十一年十月二十九日 星期六

不觉已记完了一本。我现在忽然感觉到日记的需要，以后大概不会再间断了吧。

我今天一天都在等进城，九点钟该走，一点没有，三点又没有，终于没有。主要因为我要做什么事，所以便一直迁延下来。

看 Plautus in Captivi.

下午看徐霞村的《古国的人们》是小说，不太坏。不过所得的印象还是较大明显。

从这说起，你 Pearl Buck 的新小说 Sons in review 一气读过是不大的读是译。Buck 对中国纸越来她的丈夫是金陵大学的农科专任，向小说也 good earl 之名，也成为一个纸 popular 的作家了，晚上也佳绩作。

三十日 昨天一天没有进城，今天终于成功了。先如是九点发车，上车后，先赴警务行一次，已移至北大引见，又去访之，在。

读了此夫，又到市场又看旧书。有 De Musset 的诗集，我很想买，但因为卖价昂贵，没够买成结果，买了一本 Heine 的诗，一本 Schiller 的诗装

1932年10月29日　日记影印

1932 年

十月

二十九日　星期六

不觉已经记完了一本，我现在愈加感觉到日记的需要，以后大概不会再间断了罢。

我今天一天都在想进城，九点钟没走。一点没有，三点又没有，终于没有。主要原因就是我并没什么事，所以便一直迟疑下来。

看 Plautus 的 *Captivi*［普劳图斯的《俘虏》］。

过午看徐霞村的《古国的人们》，是小说，不太坏。不过所得的印象总是头大腔小。

从三点钟起，作 Pearl Buck 的新小说 *Sons*［赛珍珠的《儿子们》]的 review［书评］——与其说是作，不如说是译。Buck 对中国很熟悉，她的丈夫是金陵大学的农科主任，自小说 The Good Earth［《大地》］出名，已成为一个很 popular 的作家了。

晚上仍继续作。

三十日

昨天一天想着进城，今天终于成行了。坐的是九点汽车，下车后，即赴盐务访印其，已移至北大三院，又去访之，在。

谈了半天，又到市场又看旧书。有 De Musset[①] 的诗集，我很想买，但因为索价过昂，没能买成。结果，买了一本 Heine[②] 的诗，一本 Schiller[③] 的诗，装订都还讲究，惟因当时未能够把价议妥，吃饭后，心里只是惦念，终于回去买了，所以价钱不免贵一点（$4.0）。

从市场到消防球场看赛足球，汇文对三育，两边踢〈得〉都还好，不过风太大，一阵阵的沙土往嘴里送，实在受不了——当时我真恨北平的怪天气呢。

出球场到李阁老胡同访静轩，直谈到吃晚饭，并与高耀西、薛德昌等会面。七点钟返校。本来同长之同时进城，他已经回来了。他是去找瞿冰森的。他说瞿与乃兄一模一样，极似一个，理发，态度木僵而谈话坦白有豪气。

---

① De Musset：缪塞（1819—1857），法国浪漫派诗人、剧作家。
② Heine：海涅（1797—1865），德国诗人。
③ Schiller：席勒（1759—1856），德国诗人、剧作家。

三十一日

早晨只上了一班法文，其余的时间都用在抄关于 Buck 的消息稿，完了，寄了去。过午预备德文。

晚上上杨丙辰先生的班，讲的是 Faust 的结构。因为伤风太利害，早睡。伤风几乎成了我的家常便饭，几乎每天有，不知是甚么原因。

昨天日记忘记了几件事要写——第一，我买了几〈本〉旧书（其实昨天没忘，是我现在忘了，又重写一遍）；第二，我坐汽车进城的时候，我观察到几乎每个人头上都有顶毡帽，然而又都非常难看。在车窗外面，猛一闪我又看见了一个戴瓜皮帽的。因此想到，毡帽实在是西洋的东西，现在是被中国采用了。同时又有瓜皮帽存在着，实在是一种不调和。就这种不调和，实在是人生一切悲剧的起因，再进一步说一句，不调和就是人生，人生就是不调和的。

十一月

一日

一天伤风，好打喷嚏，真不痛快。早晨上三班，读 Captivi 完。过午看崇德对清华足球赛，清华球队今年实力大减。

预备 Keller，晚上仍读 Keller。

二日

机械般地,早晨仍然上班,老叶胡诌八扯,吴可读简直要命,温德也莫明其礼拜堂。

过午上体育,打篮球笑话百出。球一到手,立刻眼前发黑,分不清东西南北乱投一气。

德文因艾克病还不好,没上。

晚饭时,施、王两君因开玩笑冲突,简直孩子气。到校外去买栗子,又到合作社去大吃一通。

到遂千处去还柏寒书,他新在日本买了两本书,日金只合中币一元零一分,可谓便宜。我也不禁跃跃欲试,去到丸善去买几本书。借到周作人《看云集》。读 Swann's Way。

三日

从前〈天〉就热了暖气管,这几天来天气暖到可以在露天只穿背心短裤而不觉冷,你想,能受住受不住?

仍是机械地上班。

过午看汇文对清华足篮球赛。足球汇文踢得比清华实在强得多,然而结果是二比二,汇文还几乎输了呢!篮球清华差得太远。

晚上忽然刮起风来,大得不〈得〉了,而屋里又觉气闷,真不能看书。

读完《看云集》。周作人先生所〈描〉写的东西,在平常实在引不起我的趣味,然而经他一写,都仿佛有了诗意,栩栩活动起来。周作人先生素来主张中国文学有两大思潮,言志与载道,互相消长。白话文的兴趣是言志的（见《中国新文学〈的〉源流》），然而目前洋八股又有载道的倾向，长之同 Herr 施〈反〉对这样说。《看云集》里面有一篇《金鱼》，在结尾周先生也表示了同样的意见。

四日

现在一天大部分时间，都在无聊地上班。倘若不记，这一天也实在没有什么可记，记起来又觉得很单调，真没办法。无已，还是记罢——

今晨仍是机械似的上班。

过午体育打篮球。

吹了一天风，晚来天气有点冷了。

我向上海璧恒公司预定的《歌德全集》，计算着早该来了，然而一直到现在不见到。我每天上班回来，看见桌上没有信，真颇有点惘然之感呢。

今天又托图书馆买了两本书，一是 Herbert Read 的 *Phases of English Poetry*[①]，一是 Robert Graves[②] 的。

[①] Herbert Read 的 *Phases of English Poetry*：赫伯特·里德的《英国诗歌的各个阶段》。赫伯特·里德（1893—1968），英国诗人、评论家。
[②] Robert Graves：罗伯特·格雷夫斯（1895—1985），英国诗人、小说家和翻译家。

五日

早晨只上了一班法文。今天第一次下雪。

预定今天作完现代诗的 paper，早晨在图书馆看 *Present State of Poetry*［《诗歌的现状》］。

午饭后接到荫祺来信，借大洋十五元。我立刻写了封信，钱也同时汇了去。不过，《歌德全集》来了的时候，又有我的蜡烛坐呢。

大千来谈，古今上下谈了一下午。李秀洁等四位来谈，同往吃饭。他们不常来我这里，岂知这次来还别有用意呢。到了二院食堂，他们一叫叫了一桌子菜（十五样），是请我的客。叫我真难过。菜太多了，只好退回几样存着。大概因为入学时我替他们办了几件事，这算酬厚意罢。

饭后又到李秀洁屋闲谈。

回屋后又到长之屋闲谈。我开始觉得，我现在才为多思苦，都是受长之的影响。然而，每次冥想一件问题，总是因牵扯过多，得不到结论。于是我又想到 no prejudice, no opinion［没有偏见就没有思想］。我对长之说，一个哲学家无所谓系统思想，除非他死前最后一句话是系统思想。因为思想根据知识，而知识是无限的，非到你不能再思索，再得知识，就是死了，你不能决定你的什么观。

六日

早晨躺在被窝里，只是不愿意起，拿了现代诗的 notes，想写 paper 的材料。

起来就开始写，一写写了〈一〉早晨，弄得头晕眼花，才只写了两页。

过午仍继续写,好歹算是完篇了。

晚上早睡。

七日

早晨,法文下了课,到图书馆去整理昨天作的 paper。结果费了一早晨的工夫才算整理得有点头绪。

过午预备德文,清华与三育赛足球,只看十几分钟,因为还有德文。两方踢得都乱七八糟。

图书馆新来杂志不少,《新月》亦来,有胡适《四十自述·我怎样到外国去》。原来他作学生的时候,家境也够他受的。先前我以为他家还很阔哩。

晚读 Maupassant 的 *L'Aventure de Walter Schnaffs*[①],还不难懂。

今天又到书库里去。我每次去,看见那几部法文书,总羡慕得馋涎欲滴,总觉得个人那点书的渺小。我最近对书仿佛生了极大的爱情(其实以前也这样,不过轻点罢了)。同班中也有几个书迷,见面时,大部分总是谈到书。即如我本学期,买书费占总费用的三分之二强,不能不算多了。

八日

日子过得真快呵,一瞬间这个月又过了八天了。

---

① Maupassant 的 *L'Aventure de Walter Schnaffs*:莫泊桑的《瓦尔特·施奈夫的奇迹》。莫泊桑(1850—1893),法国作家,有"短篇小说巨匠"的美称。

早晨上了三班，过午上了两班。

其余的时间都用在抄老叶的 paper。早晨一点钟只抄了半页，过午伏案两小时，澡也没能洗，与英兵赛足球也只看了几分钟，所得的结果是多抄了二页，头痛不止。抄比作还难哩，因为有许多话，在作的时候，觉得还不坏，一至抄起才发现或者前边已经说过了，或者与前边矛盾。

晚上仍在抄，好歹抄完。

又读 Keller 一页，头昏昏矣。睡。

九日

今天晚上写信到日本买 Hölderlin 的 Life^①。

又把抄的现代诗 paper 对了一过，缴上去。后天要考小说，所以今天小说无课。然而虽然说这点钟是留给我们预备，我却仍不能预备。因为前两天的空时间都给作现代诗 paper 占去了，没有时间预备德文，再不预备今天过午就非刷 Ecke 不行了。

过午体育踢足球，非常累而有趣。

晚上看法文及小说（Western Novel［西方小说］）。

十日

法文下后看杂志。Shakespeare 我没去。

午饭后，我〈在〉Herr 王屋玩骨牌，不觉已经一点半钟，我觉时间过得快再不比"能赌博"。

---

① Hölderlin 的 Life：荷尔德林的生平。疑似书名。

过午看小说，晚上看小说——结果又是头昏眼花。我近来常感觉到肩上仿佛多了点东西——就是平常所说的担子吗？倘若可能的话，我还想大学毕业后再作进一步的研究。我总觉得大学毕业平常人以为该是作事的时候，我却不以为然。大学毕业是很不容易的，毕业不能继续研究，比中学毕业还难堪！我有个偏见，中学是培养职业人才的地方，大学是培养研究人才的地方。

十一日

今天考小说，题目多而容易。满满写了四张，颇觉满意，今年我们功课虽多，而预备极容易。

过午，英文没上。体育打篮球。

到民众学校去上课。一共十几个人，然而程度相差，可分为七八级，教着真难。

民众学校送来电影票一张。凡同学在民众学校服务的每星期都有享受看电影的便宜，也不错。今天演的是金焰、王人美合演的《野玫瑰》，前半还不坏，最后扯上国难，结果，齐加入义勇军。这是最近小说、电影一个 Tendency［趋势］，总得扯上国难，然而大半都非常生硬。我并不反对宣传，然而我总觉得这种宣传仍是劳而无功。

明天放假，后天又是星期，心境颇优适。

十二日

昨夜大千来我屋里睡，不知为什么大谈起来，横的各国，纵的各代，艺术、体育，没有没谈到的，一直谈到约莫有早晨五点钟，听远村里鸡鸣，看窗〈外〉朦胧淡灰色的天光——生平尚是第一次。

六点钟时始渐渐睡去。然而到八时就给人吵起来，再也睡不着，头也有点痛，爬起来，昏昏沉沉的一早晨，把 Hölderlin 的 *Die Eichbaume*［《大橡歌》］找出，想再译一遍，只译了两句，又住了。

午饭后同施、王、武到校外去逛，因为天气实在太好了。信步至海甸，渴甚，至一买豆浆之铺，乃污秽不能入口，咄咄怪事（燕大对门）。

归后，实不能支，乃眠。

晚饭后仍睡。

今天报载 Nobel［诺贝尔］文学奖金已经给了 John Galsworthy[①]，不知确否，但 Galsworthy 究竟是过去的人物了。

十三日

早晨到图书馆读 Terence: *Phormio*［泰伦斯的《福尔弥昂》］，未完。

过午看德文 Keller，然而又昏昏想睡。自从星期五晚一夜未睡后，这两天来只是昏昏的，真是太乏了。

晚上预备法文，读 Keller，又昏昏睡去。醒时，灯已熄，在黑暗中摸索，收拾被子，再正式睡。

---

① John Galsworthy：约翰·高尔斯华绥（1867—1933），英国小说家、剧作家，1932 年获诺贝尔文学奖。

今天读鲁迅《二心集》（其实从昨天就读起了）。在这集里，鲁迅是左了。不过，《三闲集》的序是最近作的，对左边的颇有不满，仍是冷嘲热讽，这集的文章在《三闲》序前，却称起同志来了。真叫人莫名其妙。

十四日

大风通夜。半夜朦胧中摇窗震屋，杂声齐作。上法文后，读 *Phormio* 及 Maupassant 的 *Walter Schnaffs*，过午预备 Keller。

晚上听杨丙辰先生讲 *Faust*。今天讲的是《奉献》（Zueignung，郭译"献诗"），讲得非常好，完全从 Goethe 的 Life 方面来了解这诗。

昨天长之同我谈到，要想出一个刊物，名《创作与批评》，自己出钱，以他、我、张文华为基本。他说中国文学现在缺乏主潮，要在这方面提醒别人。我非常赞成。

最近我才觉到我的兴趣是倾向象征的唯美的方面的。我在德国作家中喜欢 Hölderlin，法国喜欢 Verlaine［魏尔伦］、Baudelaire［波德莱尔］，英国 Blake［布莱克］、Keats［济慈］以至其他唯美派诗人。不过这些诗人的作品我读的并不是多，我所谓喜欢者大半都是 by Intuition［凭直觉］。然而即便〈如此〉，他们的天才总是能觉得到的。

我主张诗要有形式（与其说是形式，不如说有 metre［韵律］，有 rhyme［韵脚］）。以前有一个时期，我曾主张内容重于形式，现在以为是不对的。散文（尤其是抒情的）不要内容吗？中国新诗人只有徐志摩试用 metre。不过这在中国文是非常难的。不过无论难不难，中国诗总应当向这方面走。这是我所以对徐志摩有相当崇拜的，无论别人怎样骂他。我觉得诗之所以动人，一大部分是在它的音乐成分。本来拿文字来 express 感情是再笨不过的了。感情是虚无缥缈的，音乐也是虚无缥缈的。感情有 natural harmony〔自然的和谐〕，音乐也有。所以——最少我以为——音乐表示感情是比文字好的。倘若不用文字，则无所谓诗了，没有办法的办法就是在诗里多加入音乐成分。

十五日

今天接到静轩的信，说没有图章不能领贷费，我赶快给他一信，请他替我刻一图章寄去。

亏了《歌德全集》还没来，不然又得坐蜡，大概借钱总是免不了的了。

早晨上 Drama & Shakespeare，作了一早晨 typewriter〔打字机〕，真要命。

过午读 Keller。

晚上读 Keller。看 Swinburne[①] 诗。

读希腊文。我近来有一个野心，想把希腊文弄好。我总觉得希腊文学是世界上最人性的文学。

[①] Swinburne：斯温伯恩（1837—1909），英国诗人、剧作家、评论家。

十六日

早晨现代诗讲 Swinburne，还不坏。

过午未上英文，预备德文，因为今天同美兵赛篮球，美兵是北平最棒的队。很想一看。下了体育恐怕没有工夫预备，所以牺牲英文。

看的人非常多。美兵似乎并不怎样好，也或者不是第一队罢。

只看了三个 quarter［节］，就急忙赶着去上德文。晚上预备法文。读希腊文。

十七日

最近报上载着狮子星座放射流星，每三十三年一次，上次为 1899 年，今年适为 33 年。每年都在十一月中旬，尤以十六、十七两日为最好，古人所说"星陨如雨"者是。我为好奇心所鼓动，半夜里爬起来，其他同学起来也大有人在。同长之到气象台下去等着看，天气简直冷得要命，我急忙中没穿袜子，尤其觉得冷。刚走到气象台下空场上，忽然天上一闪——是一个流星，然而这一闪别梦还依稀，只我一人注意到了，于是就倚在台下等着。还有其他同学数十人。朦胧的月色，使一切东〈西〉都仿佛浸在牛乳里似的。蓦地两边又一闪——是一颗流星。然而谁都不以为这就是所等着，渴望地等着的奇迹，都以为还有更大的奇迹出现，最少也得像玩盒子灯般的下一阵星雨。然而结果是失望——仍是隔半天天空里一闪，一颗流星飞过了，赶着去幻灭。

我实在支持不了。跑回来加了衣裳又出去。朦胧里游移着一个个的黑影,也倒颇有意思。抬头看着天,满天星都在眨眼,一花眼,看着它们要飞似的,然而它们却仍站着不动,眨着眼。

终到因为太冷,没等奇迹的出现就回来了。白天才听说,所谓奇迹者就是那半天一跑的流星——奇迹终于被我见了。

早晨上了一早晨班,很觉得疲乏。过午小睡两点钟。

晚上 Winter 讲演,题目是"Aderé Gide〔安德烈·纪德〕",讲得很好,可惜人甚少(不到二十人),未免煞风景,不过他这种题目也实在不是一般人可以了解的。他一讲讲了两点,我手不停挥地笔记,头痛极了。

回屋后,因为明天头一堂有法文,还没预备好,焚烛加油。这篇日记也是在烛影摇曳中记的。

十八日

星期六第一堂的法文,移在今天,所以我早晨有四堂课要上,但是我只上三堂,因为我实在有点累了——被刷的是 Winter。

过午英文又刷。

到民众学校去上课,今天考他们,大半都不会写字。晚饭后访李秀洁谈半点钟。又访长之,他仍然同我谈到出刊物问题。我向他谈了谈我对新诗的意见,就是——诗之所以感人,我以为,大半都在音乐成分。中国新诗在这方面完全忽略了。外国诗有 rhyme,这在中国诗可以办得到。但也有 metre,而且这 metre 随着感情而变化,非常重要。譬如 Browning 的 *As I ride*〔《我在骑马的时候》〕一首,不懂英文的,又要听别人一念,也会感到是骑在马上的一颠一簇的情绪。不过中国文是单音字的，要来讲 metre 是非常难的。对这问题我想好几天，忽然想到论理学上有一章，名字是忘了，譬如"我吃饭"一句话，重读"我"就表示，"我"吃饭不是"你"吃饭。重读"吃"就表示我"吃"饭不是我"拉"饭，以此类推。在中国旧诗里也有把主要字放在末尾的（长之补充的）。倘若我们以重读来代表英文的高音，按照个人情绪的不同，把主要字放在前面或后面，重读了，形成 iambic［抑扬格］或 trochaic［扬抑格］……来表示不同的感情，也未始不可的——这意见，我自己也知道，自然是很荒谬的。不过，还有老话，没偏见没意见，也总是不失为一种偏见罢。长之给我很多的鼓励，我向这方面研究的心更大了。

九点半后，访杨丙辰先生。谈到出刊物的问题，他对我们谈到他自己的根本思想。他说，几千年来，人类都走错了路了。现在应该猛醒，用和平方法来消除武力，世界大同，废止战争，无论什么主义，即如共产主义，这是人类同情心最大的表现，然而到后来，同别的主义一样，变成不人道的了。我们所需的是真正的人道主义。

谈至十二点始返宿舍。

十九日

早晨读 *Sons & Lovers*。

到书库去查 A. Symons 的 *Symbolism*［阿瑟·西蒙斯的象征主义］和杨丙辰先生介绍的两本书，一是 Kant 的 *Critic of Judgement*［康德的《判断力批判》］，一是 Schiller［席勒］的哲学论文，结果只借到 Kant 的一本。

过午清华同燕大赛足篮球，我没去看。结果足球 4-1，篮球 17-15，清华大腾，真侮辱。

我最近忽然对新诗的音节问题发生了兴趣。午饭后同长之到民众图书馆，借了一本民国十五年的《晨报诗刊》，晚饭后又借了 Herr 施的两本最近的诗刊。

晚上看电影，是贾波林[①]的 *Big Adventure*[②]，不很高明。

二十日

今天进城。先访静轩，他说我的领贷费的图章丢了，今年恐怕领不到——不胜焦急。我本预算着可以有四十元，所以才大胆去 order 书，现在中途发生变故，又只好向家里要钱去了。

同静轩到东安市场，看旧书，没有什么好的。饭后我到朝阳去访鸿高，他不在。又访贯一，他也不在。其他别人我又不知道住在什么地方，只好嗒然地往回头走。

到青年会时才一点钟。又到市场去逛，无聊地来往地跑。二时余，又回到青年会，等三点的汽车。

回校后，觉着非常累，澡也没洗，懒懒地过了一下午。

晚上好歹预备了法文，又读了点 Keller。

今天接到 Maggs Bros［麦格斯兄弟书店］寄来的 Rare Books 目录。

---

① 贾波林：卓别林（1889—1977），代表作《摩登时代》。
② *Big Adventure*：《大冒险》。此处疑似误记，查卓别林无此影片。1917 年卓别林演过一部 *The Adventurer*。

读到《论语》第五期,有林玉堂①《论美国大学》。呵,原来是这么一回事。我本来对美国留学生就没信仰,现在是更怀疑了。

二十一日

早晨下了法文就预备德文。

过午第一点英文旁听,脑袋仿佛要裂破似的,迷迷糊糊的一点钟。下了英文仍是预备德文。在上德文前到杨丙辰先生处送杂志。上德文脑袋痛极了,好歹上下来。

晚上又预备法文,脑袋痛得实在有点撑不住。杨丙辰先生讲 Faust,讲得真好。比看中译英译本明白得多,不过脑袋仍然痛——今天实在用它用的太过了。没办法,睡觉。

长之对哲学发生了兴趣,简直是个奇迹。他才入清华时,他根本不承认哲学的存在,只有科学。现在对生物学感到厌倦(我想,大部分原因,是他干生物,他自己说,吃力也没有成绩,不相近),然而也可以证明他以前对哲学并不认识,只是无聊的 prejudicially〔偏激地〕攻击。前天他曾同我谈到这问题,他说他要转系——哲学系,今天果然转了。以前他只要谈到生物系,总是比别的系好,无论什么都好。现在刚转哲学系,于是哲学系又变得好了——我想,他的这种倾向是非常显著的。只要他认识的朋友,也不许别人说半句坏话,虽然那个朋友满是缺点,在别人眼中。

---

① 林玉堂:即林语堂。

二十二日

今天同星期四是我最怕的一天,因为有王 Quincy 的课,上他的课,作抄写机,真比上吴可读的课都讨厌。过午中世纪文学,说下星期又要考,真混蛋。

读 Keller。今天是只用一点钟(5-6)就预备完了,这也是新纪录,在图书馆里也的确比屋里静。

晚上读 Swinburne,*Emma*。焚烛读 Hölderlin's Leben〔荷尔德林的生平〕。

今天接到叔父的信,非常高兴。

刚才我焚烛读 Hölderlin——万籁俱寂,尘念全无,在摇曳的烛光中,一字字细读下去,真有白天万没有的乐趣。这还是第一次亲切地感到。以后我预备作的 Hölderlin 就打算全部在烛光里完成。每天在这时候读几页所喜欢读的书,将一天压迫全驱净了,然后再躺下大睡,这也是生平快事罢。

夜十二时,记,摇曳烛光中。

二十三日

早晨上课三堂。

过午,午饭后在 Herr 王屋打骨牌。

体育后预备 Keller,急急跑着去上德文。今天本定清华对中大赛球,因故不能举行,不然德文又有不上的可能,球瘾实在太大了。

今天读《苦闷的象征》。以前也读过,大概因为难懂没读完,而且董秋芳先生在高中时还特别开了一班讲这书,我似乎也不大能了解，现在读起真觉得好，话的确应当这样说，中国只要有个白村就够了。

因这本书而对精神分析学感到兴趣，大想明了一下。最近我自体验得到，无论读什么书，总给我很深的印象，而使我觉得自己太空虚了，空虚得有点儿可怜了。而且，我对任何问题都感到兴趣，兴趣的方面加多了，精力也愈觉得不够使——这或者也是很好的现象罢。今天 Herr 王同我说，瞿冰森托曹葆华作一篇关于 Galsworthy 的文章，曹诗人不愿意作，转托他，他又转托我，我本来正作 Hölderlin，不想应——然而终于应了。晚上大部分时间是用在读参考书上，结果是头痛。

二十四日

今天寄家信要五十元。

头午只上了法文，别人一律大刷。在图书馆看关于 Galsworthy 的书。

忽然不见了借书证，我以为掉了呢，大贴布告，又因为急切想到书库去查书，同图书馆打了半天麻烦，才准许进去。结果找了几本书。

吃午饭时才知道借书证忘在 Herr 王那里了。

过午仍在图书馆加油，一瞬间，已经到了晚饭的时候了——工作紧张的时候，真不觉时间的逝去的。

晚上预备法文。听 Winter 讲 Gide。

今天工作顶紧张了。几年来没这样了，也颇有趣。

二十五日

星期五，早晨仍然只上法文，别人一律大刷，仍然看关于 Galsworthy 的参考书。

过午上体育，下来仍然看。

因为明天没班了，晚上更放心大胆地看 Galsworthy。工作紧张的态度同昨天差不多，头有点痛了。

以上几天的日记，和以下三天的都是二十九日补记的，作这篇 Galsworthy，直费了我五整天的工夫，参考书十余本，五天之内读千数页的书，而且又读好几遍，又得写，这还是以往没有的纪录。这几天每天都几乎到下一点睡，早晨醒得又极早，只有 Galsworthy 盘桓在我脑子里。我觉到这种刺激非常有趣。在近几天以内，我又要开始作 Hölderlin 呢。

二十九日晨写

二十六日

今天开始作"Galsworthy 的生平和著作"（二十五日作的），过午作"〈为〉戏剧家的 Galsworthy"和"为长篇小说家的 Galsworthy"。不过，这所谓作，并不是定稿，不过把书上的材料摘下来。至于前后次序，那是抄的时候的工夫了。

晚上头颇痛，需要休息。民众学校送来电影票，去看电影以苏困。片子是《招请国王》，一塌糊涂，坏极了。

电影完后，点蜡，作"为短篇小说家、小品文家和诗人的 Galsworthy"和一篇"附尾"。睡觉时下一点。

二十七日　星期日

昨天虽然睡得晚，但今天一早就醒了——Galsworthy 把我催醒的。

我开始抄，这抄的工夫也真真要命。又要顾到是否前后重复或冲突，又要顾到文字。有时因为一两行费半点钟的工夫。头也因而更痛了。

过午仍继续抄，终于没抄完。

二十八日

早晨上法文，也是心不在焉。

下课后，又抄，至十一点完——这可完了。总共费了五天的工夫，坐卧不宁。

自己重看了一遍，交给曹诗人，他答应写信。

因为明天还要考中世纪文学，今天 Holland 又催作文，真要命。德文没去上。作法文，读中世纪笔记，又是要命的事。而且还要预备明天的法文。

晚上终于又点了蜡。

二十九日

早晨仍只上法文，别人一律大刷，看中世纪也。过午中世纪考得倍儿坏，然而也没关系，总是过去了。今天接到丸善来信，说 Hölderlin 没有了。我最近买书的运气一向不佳。前两天接到璧恒公司回信说，《歌德全集》卖完了，今天又接到这信，真不痛快。

晚上看 Keller 和 *Emma*。

最近作了这篇 Galsworthy 以后，本来懒于动笔的我，现在却老是跃跃欲试了。我计划写一篇 Hölderlin 介绍和一篇新诗的形式问题。后一篇我是想发起点波澜的。

三十日

早晨上了三班，老叶是胡诌八扯。

过午体育打篮球。

赶着上德文，但是我却预备错了。我上次没去，我以为已经把上一次 assignment 讲了哩，但是星期一张朱二位也没去，班没上成。今天讲的仍是上星期三的 assignment。

因为最近才感到多思苦，所以想写点东西，总名就想叫"梦话"，就是因为自己也不清楚的意思。

晚上预备法文。

十二月

一日

星期四，今天早晨上三班。又叫王文显念了一通，我干抄了一遍，结果手痛了。

过午看同志成中学赛足球和女子篮球。所谓看女子篮球者实在就是去看大腿。说真的，不然的话，谁还去看呢？

听人说班禅大法师来游清华，并且还向同学"训"了十分钟的话。我竟交臂失之，没见这个大法宝、大怪物，实在可惜。

晚上听 Winter 演讲。没精彩，有点进了要命了。

读完《创造十年》。我第一就觉得郭沫若态度不好，完全骂人。那是〈本〉来有历史性的文章呢？又读《春醪集》。

二日

今天 Holland 忽然在班上 dictate［听写］，弄得一塌糊涂。

现代小说没上，其余两堂上了。

过午体育测验，单腿闭眼站二十二秒钟，起初觉着很易，然而作起来却极难，不过，终于 pass 了，别人没 pass 的还多着哩。

又测引身向上五下，也 pass 了。

回来写《茧》——小品文。

到民众学校上课。

晚饭后，到 Herr 王屋去打牌。本想理发，人多未能挤上。回屋大睡。

三日

早晨到图书馆去读 Spanish Tragedy［《西班牙悲剧》］，倍儿长，没读完，又读 Hölderlin's Leben。

过午仍到图书馆去读 Spanish Tragedy，仍未读完，因为心急去看足球。

足球是师大对清华。

看球后同 Herr 施闲聊，长之及长楫来。

晚饭后，理发，到 Herr 施屋闲聊，目的是在等到八点钟看电影。七点半过，就到大礼堂去，一看没有灯亮。施说：已经开演了。我乃大慌，跑到门前一看，门关着，没有人。又回到二院布告——看，是星期日。笑话。

晚上读 Keller、盛成《海外工读十年纪实》。

四日

早晨到图书馆，本想借 Drama，但是已经给人借净，只好看 *Emma*。还好，一点半钟，看了五十页。

过午洗澡，到图书馆去，看完了 *Spanish Tragedy*。

晚上看电影。《火山情血》，开头很好，愈来愈糟。我看了几部中国片子，全是这一个毛病——《野玫瑰》亦其一。我真奇怪，有些地方，简直可笑。

在看电影的期间，想到——Turgenev〔屠格涅夫〕说 Hamlet〔哈姆雷特〕代表人的怀疑，Don Quixote〔堂吉诃德〕代表人的勇往直前的精神。阿Q这两样全有。

在烛下写给芬妹信。

五日

早晨法文。

下来到图书公司，本想〈买〉法文字典，卖完了，只买了本 Everyman's Library 的 *Conversation with Eckermann of Goethe*〔人人文库的《歌德与艾克曼谈话录》〕。

到图书馆去看 Emma。

过午预备 Keller，看 Marlowe［马洛］。上 Ecke 班。

晚上到一院去上浮士德，等了半天，没人来，下来一看，杨先生请假——真怒，大风天白跑了一趟。

预备法文。读 Emma。

头午天阴，过午晴。一天大风，颇冷。

六日

今天寄信到丸善去买 Kleist, Lenau, Novalist［克莱斯特、莱瑙、诺瓦利斯］全集，不知能寄来否。

早晨上三班。

过午上一班，洗澡。

晚上看 Emma 和 Hölderlin's Leben。

长之来谈，灯熄后，继之以烛，兴会淋漓。

七日

大风，飞砂走石。

老叶请假，不亦乐乎。

过午预备德文，上体育。忽然决定再托图书馆买书，同时，又决定买 Hölderlin 全集。下德文后，问 Ecke，他说，Hellingrath 和 Seebass［海林格拉特和泽巴斯］合辑的全集已绝版，但能买到 Second hand，晚上随写信到 Max Nössler［璧恒］问是否可以代买。

看法文，及 Comedy of Errors［《错误的喜剧》］。大千借十元。

八日

早晨上三班。

过午一班。看华北与清华足球赛。

今天本来想再托沈先生买书,但据云图书馆八月间所 Order 之书现尚未来,不久即打电报去问,先叫我们等一等。

接到家信,并五十元。

接到瞿冰森信,言稿子稍缓即登。

看李达译《辩证法唯物论教程》,比看英文还费力。这是最近译新社会科学书的一个通病。据鲁迅说,日文也同样难懂(这些书多半从日文转译的)。这是中国文字的毛病。但是我从这书看出来,用叫人懂的文字并非不能把意思全达出来,我真不明白,他们为什么非用这种天书似的文字不行?

晚上读法文。*Sons & Lovers*,*Emma*。

九日

早晨本来有四堂课,上了三堂就已经太累了,所以只好再刷 Winter(文艺复兴)。

回到屋里——呀!又有挂号信。去领,是清平吕仲岩先生代领的贷费。我这两天真是财运亨通,昨天接到五十,今天又接到四十。

过午体育。看大一与大四赛球。

到民众学校上课。

晚上大千来谈。我本预定看 *Sons & Lovers* 到一百四十页,看到一百三十页时，施、武二君来谈，直至十一点始走，我决定非看完不行。幸亏今天演昆曲，因未完场，电灯晚熄。终于看完了，而且还多看了几页。然而眼苦矣。睡。

十日

今天一天没课，然而颇加油。

早晨看 Sons & Lovers 六十页，The Star of Seville［《塞维利亚之星》］。过午看 Keller，看完 The Star of Seville。

晚上看 Sons & Lovers 四十页。

自从看了林语堂一篇文章，我对教授（尤其是美国留学生）总感到轻蔑。他们穿的是虎皮，皮里是狗是猫，那有谁知道呢？只觉得他们穿的是虎皮而已。有信仰就好说，即便信仰而到了"迷"信，也不打紧，最苦的是对任何事都失了信仰的人。

十一日

今天九点钟进城。

半夜里给风震醒，早晨风势愈加大了。下了车一直到盐务在找印其，他还没来，满眼是砂子。

同印其坐电车到前门，至琉璃厂，买了三本 Everyman's Library——Euripides［欧里庇得斯］两本，Aeschylus［埃斯库罗斯］一本。由前门到东安市场，风凶得不〈得〉了，满眼是砂子。

逛旧书摊看到 Scott［司各特］全集，Reuter［罗伊特］全集。我买了一本 De la Mare［德拉·梅尔］的短篇小说集，四元，印得装得都非常讲究，原价是美金三元五角。

到真光去看电影——《兽男子》，Busk Keaton① 主演，是有声的。这是生平第一次听有声电影，片子还不坏。不过不深刻，趣味极低。

五点散场，到盐务。风在窗外的暗夜里狂奔，震得窗纸响。我一想到还有四十里的路去走，回学校，仿佛有索然之感呢。

七点回校，冷甚。

预备法文。长之来谈，烛继电。

接到鲍芳园借钱的信，真讨厌，我能借给他吗？

十二日

仍大风，一夜没停。

早晨一堂，由四院至一院，为御风而行。

预备 Keller。

过午仍读 Keller，朦胧睡去。

上德文，钟打十分钟后无 Ecke，于是便去找杨丙辰闲扯。回屋问 Herr 陈，才知道今天 Ecke 来了。但是我们的班他为什么不去呢？去晚了吗？晚上听杨丙辰讲 *Faust*，讲得仍然极好。惟废话太多，时间未免不经济。

回屋预备法文。

---

① Busk Keaton：疑似为巴斯特·基顿（Buster Keaton，1895—1966），美国电影演员，其主演的《航海者》《将军号》是电影史上的重要作品。

十三日

早晨仍大风,颇冷。

上王文显的班真有相当地讨厌,把手都抄痛了。

过午看 *Emma*。

在图书馆看到许多杂志,如《大法》《平明》等,都可以寄篇稿去试一试。心中跃跃欲试,但想不起写什么,自己也空虚得够劲了。第一想到写的是 France［法郎士］的文学批评论,我想到日本去买他的 *Life & Letters*［《生平及书信集》］。晚上看 Shakespeare 的 *Romeo & Juliet*,对照徐志摩译文。

十四日

天气真怪,前两天大风,颇有些冷,今天又热得在屋里直出汗。雪也不下了。

早晨现代诗老叶胡诌八扯。

Renaissance,Winter 讲得是要命。不过今天讲的是 Montaigne[①],我觉到很好。非买他的全集看看不行。

接到挂号信的通知单——我愕然了,怎么又有挂号信。取出来一看,是璧恒寄来的书,只一本 Thomas Mann 的 *Der Tod in Venedig*［托马斯·曼的《威尼斯之死》］,Eichendorff［艾兴多尔夫］大概又需向德国去订了。我真没想到能来这样快。

看女子篮球赛,对翊教。但因为德文只看了一个 Quarter 去赶快跑了。

---

① Montaigne:蒙田(1533—1592),法国思想家、作家。著有《蒙田随笔》等。

晚上看 Shakespeare's *Romeo & Juliet*。法文。

今天报载中俄复交了。真出人意料之外。孙科、陈友仁主张中俄复交，不成而去。现在却终于实现，咄咄怪事。

十五日

早晨三班。

今天我的"高斯桑绥"①居然登出来了。我真没想到能这样快，虽然已经不算快了。这是我第一次在北晨《学园》发表东西，颇有点飘飘然呢。

接到璧恒公司的信，Eichendorff 到德国去买去了。说八星期可到，其实最少须用三个月。

今天天气太好了。没风，和暖。过午下了课，简直不愿在屋里坐着。一听说一、二年级赛球，非看不行。

归后读 *Sons & Lovers*。

晚上读法文。*Sons & Lovers*。

十六日

几天来，天气真太暖了。

早晨四班，刷吴可读一班。

过午看 *Sons & Lovers*。到民众学校去上课。

晚上吴宓请客，居然不是一毛五的客饭，真也算稀有。他请客的意义，大约就是我们都帮他办《大公报·文学副刊》。其实我最

---

① "高斯桑绥"：即《本年度诺贝尔文学奖金之获得者高斯华绥》

近对"文副"也真有点反感呢。

在吴先生〈处〉遇见盛成。真够个怪物，谈话极多，最奇怪的是面部表情。两道眉毛，一高一低，变化莫测，真可谓眉飞色舞了。

回屋后看 Sons & Lovers，今天一共读了一百页。

十七日

今天本来预定看的书极多，然而结果等于零。原因是——

早晨正预备看书，长之拿了一份 Monde[①]，上面有 Henter Barbusse［亨特·巴比塞］作的一篇"论 Zola［左拉］"，叫我翻译，是张文华的《文学周报》上要，Barbusse 左倾，张这周报，据我看也有点左倾，我之答应去译，并不是我喜欢"左"，也并不是我喜欢 Barbusse。实在因为我学一年半法文，还没有译过东西，有这机会来试一试也不坏——所以就答应。然而就有了苦吃——生字多。

过午同辅仁赛篮足球，我还能在屋里安坐吗？站了一过午，结果清华两路人马败北。

晚上更忙了。民众学校送来电影票，片子是 Shadow［《影子》］，还能不去吗？去了，结果是失意。乱七八糟，莫明其妙，加入了两个中国人，怪头怪脑。又杂了传教，我从来没有看过这样坏的片子。

十八日　星期日

看完 Romeo & Juliet。看 Life is〈a〉Dream［《生活是一场梦》］。

---

① Mondo: 法国日报《世界报》（La Monde）。

有暇则翻译 Barbusse"论 Zola"。

看 *Sons & Lovers*。

看 Keller。

晚上预备法文。

十九日

早晨上了一班法文。

看 Keller。翻译 Barbusse"论 Zola"。法文其实非常简单，然而一句都不懂。

过午看 *Emma*，看《超人哲学浅谈》。

上德文。

晚上上杨丙辰先生 Faust。讲得仍然很好，他在班上又提到我那篇 Galsworthy。

看 Maupassant 的 *L'Aventure de Walter Schnaffs*。现在一想，这四年真不能学什么东西。我们现在书看的倒不少，可惜，都生吞活剥地往肚里填，等于不读。真可叹。

二十日

这两天，天气又反暖。新搭的冰棚，然而冰结不了，不能溜冰，真怪事。

早晨三班。

过午，吴可读请假。

看 *Emma*。借 *Der Tod in Venedig* 英译本，我打算翻译这本书。

覆校所译 Zola。这篇文章，简直不成东西，真叫人头痛。我潦草地抄出来（只一半）交给长之，叫他再看一遍。

晚上看 Emma。

二十一日

今天接到秋妹的信、璧恒公司的信。

璧恒公司的信上说：Höldelin 全集或能代我买到，但是须先寄二十元去——接到信，就立刻写了封信，寄了二十元去。大约明年三月书可到，倘若买到的话，还不知道价钱是若干呢。

早晨现代诗，讲 Yeats［叶芝］，才知他的老婆是个下神的，而 Yeats 本人也是个大怪物。

过午德文，颇形疏散。看清华对附中女子篮球赛。说实话，看女人打篮球，其实不是去看篮〈球〉，是在看大腿。附中女同学大腿倍儿黑，只看半场而返。

晚上看法文，整理书籍。

二十二日

快要考了，早晨 Holland 将今学期所念的节数全写了出来，以便预备——我想，最好把别的课全 drop［刷］了，只选 Holland 的一样，才能念那样多。真岂有此理？

过午看铁大与清华赛足篮球，足球两方都太泄气，结果是五比一，清华胜。篮球他们打得不坏，结果仍是清华胜。

又翻译 Barbusse"论 Zola"，简直是受罪。

晚上看法文。最近有个毛病，晚上老好睡觉，颇荒废时间，非改不行。

曹诗人来，闲聊，摇铃后始走。

点烛看 Mrs. Dallowy［《达洛维夫人》］。

二十三日

山东教育厅津贴发下，又领到二十五元。

早晨上了一早晨班。

过午看 Emma 五十页。

到杨丙辰先生处，告诉他我要翻译 Thomas Mann 的 Der Tod in Venedig。他说，他能帮我的忙。

到民众学校，真讨厌。真没办法，要认真教，一班五六十人，程度不齐，从哪里教起呢？要不认真教，又对不住自己。

晚上看法文，是温习。

二十四日

早晨看 Emma 五十页。译了一点 Zola。

过午看球，共三场——女子篮球，师大对清华锦标赛，男子足篮球，清华对潞河，结果是两路大胜。看完 Emma。

晚上看电影，德国乌发公司《曼侬》，是法国小说家 A. Prevost 的 Manon Lescaut［普雷沃的《曼侬·莱斯戈》］的改制，原书情节，删去大半，与原〈书〉几全不符，原书好处，也丢尽了。而且片也有十年以上的历史，破痕甚多，光线暗淡。清华真不演好片子。

回屋后，翻译 Zola。

点烛仍读《春醪集》。

二十五日　星期日

早晨看 Keller。

本来打算多看点书，然而过午一点书也没看，先是王红豆①约来出校一走，从新开的门出去，从新开的门回来，到化学馆新宿舍看了看。

回屋后，正预备看 Swann's Way，长之同张露薇来找，谈了一会，又约我出去走走，出的仍是新开的门，在校外徘徊多时，溜了一会儿冰，从西门回来，已五点矣。

晚上预备法文。

二十六日

早晨法文过后，抄翻译的 Zola。翻完了，仍是莫名其礼拜堂，真苦极了。

过午看 Keller。上德文时同 Ecke 谈到明年是 Hölderlin 的死后九十年纪念，我希望他能写点东西，我替他译成中文。他说，他不敢写 Hölderlin，因为 Hölderlin 是这样的崇高，他写也写不出。他介绍给我 Stefan George［斯特凡·乔治］的东西，说 Stein②那儿有。

---

① 王红豆：王岷源的绰号。
② Stein：石坦安（1903—1954），德国学者，在清华大学讲授拉丁文、德国抒情诗。

一晚上听杨丙辰先生 Faust。

看法文。

二十七日

早晨上三课。

过午吴可读中世纪没课,乐哉。

抄 Zola 翻译。

看 Keller。

晚上仍抄。念法文。

二十八日

早晨吴可读忘带讲义,不能 lecture[讲课],小说又没上。

过午 Ecke 没来,于是乃放心大胆去看清华同税务赛篮球。

Zola 抄完。

同长之畅谈。

我觉得我所认识的朋友够了解我的实在太少了。人们为什么一天戴着面具呢?我感觉到窒息。我要求痛快。我并〈不〉是天才,然而人们照样不了解我,这我还说什么呢?我大笑罢,我还是大哭呢?

晚上念法文。

前几天济南又有假皇帝案件,我想到他们这般人是可以同情的,我想用 Freude[弗洛伊德]解释梦的说法来解释这些下等社会的迷信宗教团体。

二十九日

早晨忽考法文,结果一塌糊涂,真是岂有此理。

戏剧结束了,王文显说,非将所有指定戏本看完不行。

过午中世纪文学也结束了。

吴宓的稿费发给了——我真想不到,竟能〈得〉十元大洋。因为法文答得不好,一天不痛快,非加油不行。

三十日

今天早晨又结果了一样——现代小说。吴可读先生好容易敷衍了一学期,我们也真受够了。

过午体育已经考过了,没有课。看 *Swann's Way*,看 *Sons & Lovers* 一点钟可以看四十页,这书最多也不过看三十页,真够讨厌的。

到民众学校上课。

晚上仍看 *Swann's Way*。

三十一日

从今天起四天没课,然而心里实在觉不出轻松,因为须要看的东西实在太多。

早晨写给叔父信。

看 *A Woman Killed with Kindness*〔《被仁慈杀死的女人》〕,这篇剧也够长的,拼了一早晨的命好歹看完了。

过午看清华对新学足篮球赛。篮球清华相差还甚,新学沈聿功是龙腾虎跃,矫健非凡。结果清华当然大"腾"。

晚上看电影——《冒充女婿》，还不坏。

看 *Swann's Way* 六十页。

1933 年

一月

一日

又过了一年了——在我说来也太泄气,还不感到是过了一年。我脑筋还是给旧历年占据着。我丝毫感不到过年的滋味。在中国无论什么事情都变为形式主义的了。这年——多么可爱的个名辞!也变为形式主义了。

元旦似乎该有什么"元旦试笔"之类的东西,不过,我的笔却有点怪,元旦,一整天,没向我脑袋里跑,只好不去试了。

晨九点钟时候,Herr 施急匆匆地跑了来,说是要进城。我也急匆匆地收拾了收拾,随他走了。汽车已经没有了,只好坐洋车。非常冷,施、武、我,共三人。

今天进城的唯一任务，就是 Herr 施要请客——请吃烤鸭，所以一进城，先宣外便宜坊。吃烤鸭，我这还是第一次。印象还不坏，不过油太多。

由便宜坊到东安市场，我买了一本 G. K. Chesterton 的 *The Ballad of the White Horse*［切斯特顿的《白马民谣》］。是诗，还是第一版呢（1911）。非常高兴。

到光陆去看电影——《金发爱神》。还不坏，主角忘记了是什么名字了，倍儿迷人。

放场后已经五点了。又到盐务去访荫祺，不在。又到朝阳访贯一、鸿高，又不在。返回来赶汽车。遇见长之。回校后，乏极，大睡。

二日

早晨看完 *Love's Labour's Lost*。真不易，然而眼受不了矣。

过午看 *Mrs. Dalloway* 和 *Swann's Way*。

晚上仍看 *Swann's Way*。

到张露薇处拿了一张《文学周刊》。

三日

过午看报，榆关战启。晚上就听人说，榆关失守了。于是，一般人——在享乐完了以后——又谈到日本了。这所谓"谈"者，不过，骂两句该死的日本鬼子，把自己的兽性藉端发一发，以后，仍然去享乐。

我怎么也同他们一样呢？这些混蛋，我能同他们一样么？沪战正酣的时候，我曾一度紧张。过后，又恢复了常态，因为刺戟拿掉了。现在刺戟又摆在你面前，我又只好同他们一样地想到了日本了，又紧张了。

这样的人生，又是这样的我，还能活下去吗？还配活着吗？

早晨看 *Alchemist*〔《炼金术士》〕。

过午看完 *Alchemist*。

看 *Swann's Way* 五十页。

Mrs. Dallowy 一百页。

——结果眼痛。

四日

接到璧恒公司信，说二十元已经收到了，我希望他能替我买到 Hölderlin。

早晨现代诗结束了，没有考。

过午看 *Swann's Way* 五十页。

看清华校友对燕大校友足球赛。

上德文。

报载，山海关失守，安营全营殉亡。平津指日将有大变。心乱如麻。日本此举，本不为得平津，目的只是在拿热河。然而即便不想得，也够我们受的了。

五日

拼命预备考试,同时又感到现在处境的不安定,在这种矛盾的心情下,糊涂地过了一天。

人类是再没出息没有的了,尤其是在现在这个严重的时期。一有谣言总相信,于是感到不安定。听了谣言总再传给别人,加上了自己的渲染,于是别的同我们一样的人也感到更大的不安定。就这样,不安定扩大了开去。于是无事自扰,于是有了机会,于是又有人来利用这机会,傻蛋于是被别人耍弄,变得更傻了。

我的原理是——非个人看见的,一切不相〈信〉。

晚上又听了许多,心绪纷乱。半夜失眠。

六日

想看书,其实又不能不看,然而又坐不住。

昨晚听说代表会议决请求学校停课,学校否认了,但是办法却没有。

我最近发现了,在自己内心潜藏着一个"自私自利"的灵魂。开口总说:"为什么不抵抗呢?"也就等于说:"别人为什么不去死呢?"自己则时时刻刻想往后退。有时觉到这种心要不得,然而立刻又有大串的理由浮起来,总觉得自己不能死,这真是没办法。

熄灯后,到大千屋闲谈,后又到长之屋。谈的当然不外现在平津安危的问题。结论是这件事情非常严重。长之预备明天回家。

忘了一件事——今天晚上开级会,本来请梅校长报告,因事未果,张子高代表。大意说,学生请求停课,不接受。但是倘若想走,请假学校也批准。

七日

这几天来，一方面忙，一方面又心里不安定，日记也没记。

这以下几天都是九日晚补记的。

今天早晨长之走，只拿了几本书。其余一切，都托我处理。游魂似的，各处漂流，坐不稳，书也不能看。

八日

今天进城。

访荫祺，已回家。北大走的很多。

访鸿高，在子正处遇，闲聊半天。又赴市场，无心看旧书矣。因为我现在所挂心者只是这几本破书。以前只嫌少，现在又嫌多了。

九日

顾宪良走，又托我替他寄书，却之不好。于是我便成了311号留守司令、善后督办。

忙了一天，替长之寄书。

十日

一天各处漂流，坐不稳，立不定。

人们见了就问："你考不考？"头几天问："你走不走？"我

烦了。然而我见了人也想问:"你考不考?"

晚上有许多同乡来闲谈。

十一日

今天果然有许多人去考。

我一方面——感情方面,觉得他们不应当考。一方面又觉得我没理由去责备他们——矛盾的内心的冲突得不到解决,再搀入些别的混乱的心情,难过极了。

于是提笔大写道:

一切不谈!

一切不信!

接到叔父的信,预备最近回家。

图画表示的是感情的结晶——感情的型。因为它是固定的。文字音乐表示的感情,可以进展、变化。

十二日

早晨很晚才起。

到图书馆看 *Philaster*〔《菲拉斯特》〕。

过午闲扯。

晚上看 *Philaster*。

宏告送我了一本他著的《诺贝尔文学奖金〈与历届获得者〉》,我打算替他吹一吹。

最近交战于心中的是什么时候回家的问题。再进而乃走与不走的问题。本来很容易解决，然而却老是解决不了。我现在才知道有决断的难。

晚上一天大风，寒风砭骨。今天好点了。听说昨到零下十三度半。今天零下十二度。

十三日

一天过的仍然是漂流无定的生活。

交战于心中的是——走呢？不走呢？

十四日

今天早晨到城里去。先到北平晨报社领稿费，结果没领到，因为下午三点才办公。

出来北晨社，到朝阳访鸿高。冷极了，尤其脚受不了。在鸿高处一直呆到下两点，又到市场，又到北晨报社领到了——十元。

回校后，晚餐。

大睡，疲极矣。

十五日

在清华。

十六日

在清华。

十七日

决定走。同行者甚多。大千等。

下午一点进城,住鸿高处。

十八日

早出购物。

过午登车,五点十分开。不算很挤。

至天津,登车者多。乃大挤,有挤在门外不能进内者,亦云苦矣。

十九日

下午二点始到济南,误三点矣。

看到叔父信,说十九日晚车抵济。乃赶往车站去接,接到了。与叔父一别又年余矣。

二月

二日

在火车里真难过,总睡不好。

十一点到北平。

乘洋车到青年会,坐十二点汽车回校,乏极矣。

睡。晚上仍是睡。

三日

知道先考 Drama，一早起便看 Drama。

到校后，心里面酸甜苦辣咸的滋味全有。幸而我不是慌慌张张地逃走的，不然更觉得滑稽了。

无论怎样，心里总不能安住。

四日

早晨读完 Drama。

过午看中世纪。晚上看文艺复兴。

今年暑假回清平。

五日

还是预备功课。

在济南听到母亲身体不好。心里的难过和不安非笔墨所可形容，这几天总想到回清平。

六日

今天仍然拼命看书，因为明天就要考了。学期的成绩就全仗这两天挣，现在更感到考试无用与无聊。

七日

今天第一次有考。戏曲，只一个题，预备的全没用。

八日

今天考三样。晚来头痛身疲，如乘三日火车者然。

九日

今天考两样。完全是临时乱抓，预备的全用不上。

十日

今天休息一天。看法文。

十一日

今天考法文。早知道 Holland 的题目一定要"绝"不可言。果然，又有 dictation［听写］，又有 translation［翻译］，又有 conjugation［动词变形］，又有 composition［作文］，仓促答完，已两点有半矣。过午一时进城，先到市场。

到鸿高处，又复到市场吃涮羊肉。买 Tennyson［丁尼生］一本。宿鸿高处。

十二日

过午一时与鸿高同赴天桥。游览一过,趣味不减上次。又到大森里。据鸿高云此处昔日为树艳帜之所,当日车龙马水,今则移于八埠,而此地荒凉矣。又畅游八埠,但没进去。到琉璃厂,买Milton［弥尔顿］一本。

到横源吃饭。

晚仍宿鸿高处。

十三日

今天是上课的第一天,第一堂就是法文,我住在城里只好大刷。

记得是十点有汽车,然而记错了。是十二点。没办法只好到市场大逛。

返校后,洗澡。

晚上大睡。

十四日

又开始过 notes-taker［记笔记者］的生活,真无聊。

同王红豆到校外一游,看了许久牛。

长之来找,出去走了半天,谈的是他正读《红楼梦》,他读后的感想。

今学期我也想正正经经地读点书。

十五日

开始看 *Richard The Third*［《理查三世》］和 *Old Goriot*［《高老头》］。

近来对一切人都感到讨厌，对一切事情都感到空虚，想好好地念点书，又塌不下心。

接到叔父的信，说已就小清河水文站长，颇慰。

买 Baudelaire：*Fleur du Mal*［波德莱尔：《恶之花》］一本，是用 Papier de Hollande［荷兰纸］印的。

十六日

上班。

看 *Goriot*。

近日时局又不好，心不免又慌起来了。但归根结底，还是自私自利的心作祟。

十七日

早晨四堂课，颇疲倦。

过午体育是棒球。大汗，颇有意思。

看 *Richard The Third* 和 *Goriot*。

十八日

这几天极暖。昨天过午大风，今天竟下起雪来了。

过午雪晴，同王、武、施三君到校外闲逛。

读张天翼《小彼得》和胡也频《活珠子》。从胡到张，白话文显然有进步。张并不像一般人所说那样好，不过文字颇疏朗，表现法也新。

晚上忽诗兴大发，作诗一首。

十九日

今天进城。

到盐务访荫祺。一同到东安市场闲逛。到琉璃厂，买了本 Spenser〔斯宾塞〕。

到真光去看电影——《裙带累》，不好。

晚七时回校。

今天张学良发出通电，决心抗日，心中颇忐忑。

二十日

近几日来，心中颇空虚而不安。有烦闷，然而说不出，颇想放纵一个时期。

我讨厌一切人，人们都这样平凡。我讨厌自己，因为自己更平凡。

晚上长之要稿。他刚就《周刊》[①] 文艺栏主任。

---

① 《周刊》：即《清华周刊》，以下同。

二十一日

抄笔记如故。

决心作 Hölderlin。

把《代替一篇春歌》交给长之。

二十二日

今天最值得记的事情就是接到母亲的信,自从自〈己〉出来以后,接到她老人家的信这还是第一次。我真想亲亲这信,我真想哭,我快乐得有点儿悲哀了……的确母亲的爱是最可贵的呵!

读 Wilhelm Dilthey 的 *Erlebnis und Dichtung*［威廉·狄尔泰的《体验与诗》］。

二十三日

今天借到 Steinen 的 *Tage und Taten*［石坦安的《日子与作为》］,因为里面有篇文章讲到 Hölderlin。Steinen 说这篇文章非常难懂。

借回来后就抄,因为他急着要还回去。

二十四日

今天下午听伯希和演讲。用英文,其实说得并不算坏,然而很刺耳,因为调子还是法国的。映了许多照片,还不坏。

晚间,同长之访毕树棠,不在。

二十五日

今天一天没课。

早晨到图书馆看 Stefan George。

过午——呵，没刮风，天气实在太好了，在屋里怎样也坐不住，同 H. 施出去溜圈。

最近穆时英派的文章颇为流行，我看，他的特点就在只有名辞，没有 copula［系动词］。在一方面说，现在文明进步了，速律也进步了，我们受到刺戟，不容易发生反响，一个个都发生反响，而且刺戟也太多。但是我们却看到许多东西，所以用这种法子写也未始不可。但是在另一方面，我以为那派文章是受未来派诗的影响而产生的。有人批评未来派诗说：最好也不过是一幅低级的油画。我想，也可以拿来送给这一派的文章。

二十六日　星期日

早晨看 Stefan George 和 *Richard II*［《查理二世》］。

几天来都没刮风，真乃天老爷开恩。饭后骑自行车溜了一圈，真是 lovely weather［可爱的天气］（Jameson[①]语）。

开始译 George 的文章。

二十七日

开头考了个法文，弄得一塌糊涂。

[①] Jameson：即翟孟生（1895—1959），美国人，在清华大学讲授西洋文学史、西洋文学概要等。

看 Nietzsche。

过午 Ecke 第一次上课。我问了他许多关于 S. George 的问题。

晚上听杨丙辰先生 Faust。

几天来，老叶的 *Faust* 老在脑子里转，大有非买不行之概。今天晚上又托许大千，转托老常买。

二十八日

早晨作 Notes-taker 数小时。

近日报载，热河我军屡退，瞻顾前途，不禁感慨系之。

晚上 *Faust* 竟然买到了，欣喜若狂。这书真有相当的 magnificence［奢华］。

三月

一日

寄家信要四十元。

回来心绪不好，总不能安定。看《红楼梦》。

二日

今天接到叔父的信，说婶母的意思诸事宜从〈俭〉，附注说："此汝自招之也。"我看了，真有说不出的难过。这种事，我经两次了。自己的老的既是这样脾气，自己再偏混蛋不是"自招"是什么呢？我看到将来，我战栗了。总有一天，使婶母更失望的。但是又有什么办法呢？

人生竟是这样的吗？！

三日

这几天心绪坏极了——人生反正不过这么一回事，只有苦痛，苦痛。到头也是无所谓。说我悲观厌世吗？我却还愿意活下去，什么原因呢？不明了。

家庭，论理应该是很甜蜜。然而我的家庭，不甜不蜜也罢，却只是我的负担。物质上，当然了，灵魂上的负担却受不了。

四日

九点进城。先访静轩。真也巧，他刚从清平回来。又访鸿高。森堂、贯一都回来了。

同鸿高到真光去看电影，《战地二孤女》，胡珊主演，有声的，不过还不如无声好。说话简直像破锣，像演新剧。

前方紧急，抓洋车运输，街上无一洋车，凄凉现象。

宿鸿高处。

五日

赶十二点汽车，又记错了钟点——是下〈午〉三点。没法，只好到印其处。报载承德失守，呜呼！

同印其到市场一逛,三点回校。

心绪坏极,不能静心读书。

六日

应景上课。

七日

应景上课,心绪乱极。我真看腻了一般人的死沉麻木的脸。

八日

今天清华汽车因怕被抓停驶。因为同自己有了切身的直接的关系,数日来麻木、死僵的空气才有点激动。

九日

应景上课。麻木,麻木,麻木。

十日

上课——麻木,非见血不会激动了。

十一日

一天没课,颇觉闲散。在强制的无可奈何的镇静下,又要想作点事情了。于是想到了 Hölderlin。到图书馆借了几本德国文学史。

十二日

看德国文学史,用笔记下来。

今天荫祺本说来找我逛西山,昨天打了电话来说不来了。不知为什么。

十三日

早晨看德文。

晚上听杨丙辰先生 Faust。讲的是 Studierzimmer ["书斋"] 一幕,讲得非常精彩,他说明 Goethe 同 Spinoza [斯宾诺莎] 是不同的。

杨先生说,古北口丢了——我不信。

看晚报——真丢了。

心里有许多感想,而且感情也颇激动。但是是喜呢?是悲呢?写不出来也说不出,反正"有"就完了。但是,我在自己内心的深处发现了一个大的"自私"。

十四日

读《南唐二主全集》,后主词真好极了。我尤爱读"帘外雨潺潺"一首，我真想哭呢。

我最近发现个人的感情太容易激动了——我看孙殿英（以前我顶恨的）的战报、宋哲元的战报，我想哭。报上只要说一句动感情的话，我想哭。

十五日

连日报上警告蒋王八蛋不要为李鸿章第二，今天晚报又有妥协消息，无怪罗文干连日奔走。

我兴奋极了，我恨一切人，我恨自己。你有热血吗？为什么不上前敌去杀日本人？不没有热血吗？为什么看见别人麻木就生气？我解决不了。我想死。

十六日

经过一阵感情的激动以后，我镇定了——于是想到念书。昨天 Ecke 介绍许多德文书，可惜我的德文泄气，不能看得快，非加油不行。

十七日

机械般地上课。真无聊。

晚上因为精神，大为萎靡，真没出息，刺戟刚拿来就不能振作了。

十八日

星期六没课,颇觉得闲散。

早晨看 Ibsen 的 *Doll's House*［易卜生的《玩偶之家》］,看 Dante,看 Dante 别的倒没觉出来,只觉得味很厚。

昨晚同 Herr 陈谈到李义山,说到他是中国象征诗人。我的趣味是趋于象征的、唯美的,所以便把他的全集借了来。

过午看《红楼》。原来看到宝玉宝钗提亲便不忍再看了。我看到林黛玉的孤独,别人的瞒她,总动感情。我这次再接着看是拿看刽子手杀人的决心看下去的。但终于把九十七回——黛玉死——隔了过去。

同长之谈到佛教。

非读书不行。

晚上看《苦闷的象征》。还想作我对于 Hölderlin 的认识。

今天本学期《周刊》第一期出版,有我的一篇译文《代替一篇春歌》。我在《周刊》发表文字,这还第一次。

十九日　星期日

早晨读 Hölderlin 的诗。

二十日

法文下后,看 Nietzsche。

Nietzsche 的文章绝不像哲学家的文章。有生命力,有感情,我宁说他是诗人。

二十一日

一想到明天考小说，今天似乎又忙了起来。又想看 R. Haym 的 *Die Romantische Schule*［鲁道夫·海姆的《浪漫派》］，又不能不看 *Old Goriot*，真难过。结果还是先见 *Old Goriot*。

二十二日

早晨躺在被里——满屋里特别亮。下雪了吗？抬头一看，真的下雪了。今年北平本有点怪，冬天不下雪，春天却大下。这次雪又有点怪，特别大而软松。树枝满的是雪，远处的山也没了，只有一片似雾似烟白气，停滞在天边。近处的树像一树梨花，远处的只是淡淡的黑影，像中国旧画上的。远处的树，衬了朦胧乳白的背景，直是一片诗境。

我站在窗前，仿佛有点 inspiration［灵感］，又仿佛用力捉了来的。于是，我怀疑所谓感情的真实（平常都说感情是顶真实的）性。面对着这一幅图画，不去领略，却呆想，我于是笑了。

二十三日

今天一天除了上班外都在忙着看 *Romantische Schule*，生字太多，颇形讨厌。学三年德文，而泄气的是，我已经下了决心非 master［掌握］德文不行，此后的一年我定它为德文年。

今天财运亨通，领到山东省津贴五十元，又领到稿费二元二角。说不定贷费这几天内还领得到呢。

二十四日

今天早晨上四堂，简直有点儿讨厌。

过午打排球，颇形痛快。不过我的技术坏到不可开交，终于把手指□了一下。

明天没课，晚上可以大看 Romantic School①。

二十六日

早晨看了一早晨 Die Romantische Schule，对我的确有很大的帮助，不过太难。

吴宓叫作 Sara Teasdale［萨拉·蒂斯代尔］纪念文，到图书馆找参考书，借了两本 New Republic②。

过午仍看德文。

二十七日

早晨仍看《德国浪漫派文学》。

到书库去找旧杂志。

过午把 Living Authors［"在世作者"］上关于 Sara Teasdale 的一条译〈注〉抄下来。

晚上听杨丙辰 Faust。

---

① *Romantic School*：即《浪漫派》。
② *New Republic*：即为 *The New Republic*，《新共和》，美国自由主义杂志。

二十八日

今天整过午没课。费了一过午的工夫,把 Sara Teasdale 纪念文写起来。

明天放假,晚上颇觉得轻松,于是想到作 Hölderlin。抱着头硬想,只是想不出什么东西,外面也或者因为明天没课,人声、笑声似乎特别加多了——真讨厌!

拼命,在床上,想了一晚上,好歹想起了个头,但也不怎样满意。而今才知道作文章的难。作不出文章,心里终放不下,半夜里醒来,终于又点蜡写了一点。

二十九日

今天革命先烈纪念日,放假。

昨天同长之约定进城。早晨到他那里去,看了一篇校刊的投稿,是旧诗,用了"宫柳"等 term〔术语〕的佳作,只写了个别号,地址是西院十号。于是在去赶汽车的当儿,顺便去访了这诗人。然而,结果只知道他姓胡,别的再也打听不出了。

进城。先到琉璃厂,几乎每个书铺都检阅到了。我买了几本书。

又到市场,看旧书,我买了一本 Longfellow 译 *Divine Comedy*〔朗费罗译《神曲》〕。

回校后,看到璧恒公司的信——我 tremble〔战栗〕了,我订〈的〉Hölderlin 准没有了,我想。然而,不然,却有了——我是怎样喜欢呢?我想跳,我想跑,我不知所措了。我不敢相信,我顶喜欢的诗人,而且又绝了版的,竟能买得到。我不知所以了。

长之（昨天）说，他要组织一个文学社。我赞成。

三十日

因为下星期是春假，所以心总有点"野"，不大能安心念书。

三十一日

今天晚上，长之在工字厅请客，算是招集这次他发起的文学社的社员。我真想不到，他请的全到了，除了两个实在不能到的以外。

谈到十点才完，定名为清华文学社[①]。

印象还不坏。

四月

一日

今天 Herr 武请客，在城里。

十点坐洋车进城。到绒线胡同予且川菜馆吃饭。

饭后，到平安去看电影——《大饭店》。因为许久以前，就开始宣传了，所以三点钟开演，二点钟座就满了。七大明星合演的，有 Garbow[②] 等。Garbow 片子我还是第一次看，真不坏。十点回校。

---

① 清华文学社：1933 年 3 月由李长之发起的清华大学文学团体，早在 1921 年，同为清华大学学校学生的梁实秋、闻一多等也发起过同名团体。
② Garbow：此处疑似为 Garbo，葛丽泰·嘉宝。

Höliderlin 全集，居然来了，因为太晚不能取。Sorry [遗憾] 之至。

二日

今天同武、王、左登金、蔡淳去逛颐和园。

走了去。因为我去的次数比较多，我于〈是〉成了向导了。先上山，后逛排云殿，又坐船到龙王庙。逛的人非常多，但是总觉得没什么意思——尤其玉兰花不开，更令人失望。

不过，今天天气终归是太好了。没有太阳，也没有风。我穿了棉袍来，却糟天下之糕——因为太热。

过午又去逛玉泉山。出颐和园，坐洋车。玉泉山军事训练时期（三星期）来过一趟，但没能够上山顶，这次上了山顶了，而且还上了塔的最高顶——呵，just marvelous [真难以置信]。能看到多远呵。你想，在山顶上再建上塔，够多高呢。

晚上我在合作社请客。

三日

一天都在作 Hölderlin。限今天作完他的 life。

四日

限今天作完我对他的认识。果然——没作完，然而究竟也差不多。

五日

早晨把文章作完了。本预备今天进城，早晨天阴，又因同大千谈话，起晚了，早晨没走。

过午又下雨——然而终于进城了。

先到静轩处，因为接到清平寄来的贷费，寄错了，把我应得的款寄给静轩，我去同他说。

仍是濛濛的小雨。

又到鸿高处。七点回校，把书箱拿了回去。

六日

天阴，微雨。

开始抄 Hölderlin，抄比作还费劲。埋头抄了一天，还不到一半，真悲观。

七日

天仍阴。

前人说"沾衣欲湿杏花雨"，似乎很有诗意的境界。然而连绵的阴雨，却只叫人感到腻。"这春假又完了"——我老这样想。倘若有工作占着身，说不定要怎样难过呢。杏花刚开了，可怜雨一打，便凋零了。也或者因为最近心情不好，因而连自然的风景也影响坏了。

八日

今天才抄完。

天气仍阴沉。

九日

今天早晨看了一点 Ibsen。

同施、武到海淀去玩,买了许多荸荠、甘蔗回来,大吃一通。

十日

今天又上课了——昨天一想到上课,颇不痛快,总觉得春假过得太快了,今天一上课,也觉不出怎样。上德文,把 Hölderlin 拿给 Ecke 看,他大高兴。

十一日

又开作 dictator[①],真倒霉!

晚上 Hölderlin 稿子送了来校对,德文居然排得不很错,也真不容易——当初写文章的时候,看着,不如说觉着,还不坏。抄的时候,我觉到有点儿坏了。这次校稿,简直觉得坏得不可救药,我真就这样泄气吗?

能有这么一部 Hölderlin 全集,也真算幸福,我最近觉到。无怪昨天 Ecke 说:"你大概是中国第一人有这么一部书的。"

---

① dictator:应为 Dictater,听写者。

十二日

今天西苑演习高射炮,大刷而去。清华同学最少去了一半,但结果颇不满意。炮名是高射机关枪,一九三〇年法国,构造极复杂。但悲观的是,不少小兵(他们只会放)不懂怎样精密计算,官不懂,连大队长也不懂。呜呼。

我的感想是——以前我真以为大刀可以杀日本人,但是我现在才看这新式武器(其实已经不能算怎样新了),构造那样精密,不用说我们中国没有,就算有,一般军官士兵的程度,远在能去用之下。大刀能对付这样的武器吗?

回到学校,刚吃过饭,听说早晨吴可读因为上课人太少,要礼拜五考 *Madame Bovary*,大惊,因为我只看了二十页,于是拼命看——头也晕,眼也痛,但也得看,不然看不完。

十三日

今天主要工作就是看 *Madame Bovary*,无论怎样,总得今天看完——眼更痛,头更晕,但我也更往下看,终于完了。不禁大快,但也骂吴可读。

十四日

今天考,题容易。

过午下体育后同吕、陈打 handball [手球],颇有趣,自运动以来,未有如是之累者。

十五日

早晨看 *Le Cid*［《熙德》］完。

过午又去打 handball，同吕，比昨天更累，后来，连臂都不能抬了。浑身痛，腰也不能直。

几天来前方情形不佳，连日败退，不知伊于胡底也，呜呼。

十六日

早晨开始看 *Paradise Lost*［《失乐园》］，颇难懂。又看 Molière 的 *Tartuffe*［莫里哀的《伪君子》］一半。

过午出外溜圈。

晚预备作文。

十七日

早晨 Herr 陈买了网球，于是大打网球。

十八日

这几天因为前方后退，心境总不安定。看书实在看不下去，上课更是难过。

下午下了中世纪又打网球。

晚上谈天，睡觉。

十九日

早晨大刷打牌，前方更紧了。老想走，但是走了，回了家更难过。

过午又打网〈球〉。这一星期来，几乎每天运动，而且还最少延长三小时，开有生之记录。

二十日

一夜细雨潇潇，晨间雨更大，起来时已八时而误为七时半，及早点后，始知，法文乃不得上。

云气朦胧中，远树迷离，近者愈苍翠欲滴。

过午又打手球。

二十一日

早晨上四班，颇忙。

过午因不能打网球，颇觉无聊。

今天中国文学系请顾随演讲，本拟去听，而下体育后一觉黄粱，乃不得往，怅。

二十二日

早晨包扎书籍。

今天过午七八级对抗运动会，看了一过午。

又抽暇与武、施打手球。

晚与何其芳见面。

二十三日

今晚仍与何其芳见面,曹诗人请客。

他的诗我颇喜欢,美是美了,不过没内容。

二十四日

吃了午饭出去走着玩,忽然王红豆说,他听别人说城里太庙飞来了许多鹤——这真是奇迹。去见,于是我们三人,我、武、王便坐洋车走了,已经二点,到了,果然有许多鹤,它们叫作灰鹤,都在太庙南边松树上筑巢。据说每年来去是定时。鸣声高亢,时在云际盘〈旋〉,亦奇观也。比鹤小一点。又到市场,我买一本 Charles Lamb〔查尔斯·兰姆〕全集,是 1867 年版,颇满意。

七点回校。

二十四日 [1]

几天来,心仿佛漂在水上似的,不能安定,想寄书,又怕寄坏了。然而终于没寄。

晚上上 Faust。

---

[1] 1933 年 4 月 24 日记了两次日记。

二十五日

早晨上课。

过午还是上课。

晚上大睡。

二十六日

从昨天来，日本兵忽然大退，不知什么原因，向前进是 normal〔正常〕的，不叫人觉到惊奇，向后退却有点令〈人〉摸不着头脑。

与第五级赛排球，我们级胜。

天雨土，黄橙橙的。

二十七日

近来日记好〈久〉不按天记，以后补记起来，非常费劲。就说今天，也是五月一日补记的，因为事情早已忘了，所以拿几句闲话来凑热闹。

二十八日　星期五

上课颇勤。

二十九日

今天是本校二十二周年纪念。

校友回校的很多，外人来的也不少，热闹极了。

早晨在大礼堂开会,有邵元冲演讲,我没去听,同王、武等各处逛,因为女生宿舍开放,特别去看了一遍。一大半都不在屋里。

会开过后是夺旗,非常有意思。

过午毕业同学与在校同学球类赛,凑热闹而已。级歌、校歌级争比赛,亮开喉咙唱了半天,结果一个锦标也没得,泄天下之大气。

晚上音乐会。

三十日

早晨看书。

过午忽然想进城,便去了。一访静轩不遇。访荫祺,也不遇。在盐务遇之。访鸿高,候半小时,只会森堂。

要买一个 handball,终于没买到,因为没有。

七点回校。

五月

一日

刮天下之大风,大得有点奇怪,仿佛一切东西,无论树木房屋都要随了风跑走似的。过午稍停。

二日

今天又刮风,天气也有点冷。

过午去打 handball。

看了一天 Dante 的 *Inferno*［《地狱篇》］，想作中世纪文学论文。

晚上仍在看。

三日

除了上班以外，仍然看 *Inferno*。

过午跑四百米，大累。

晚饭后同蔡淳出校去 take a walk［闲逛］。蔡极天真，有小孩气，颇可爱。

四日

以下五天日记都是八日晚补记的——

今天忘了作了些什么事。

五日

今天放假，为什么忘了，大概不外什么纪念日之类罢。

想把中世纪 paper 作完，但未能。

六日

今天开运动会。本不想看，但是外面报告员一声大喊，却把我喊出了。我对运动样样泄气，但颇有看别人运动的兴趣。

零零碎碎的终于把 paper 写完了。

七日

今天荫祺同璧如来。

领他们在学校各处走了一趟。

过午到圆明园去,天太热,不可当,昨天,据说,比去年的昨天温度高十度。

晚上作法文文。

八日

天热甚。

看德文。

过午去上德文,而 Ecke 不至,乃走。其实心里正记挂着工字厅后面荷花池捕鱼,和与大一赛排球。

九日

天仍热,上班则沉沉欲睡。

过午本想上中世纪文学,但未往。

打网球及手球,汗下如雨。

晚抄 paper(中世纪文学)。大诌一通。

读《两地书》(鲁迅与景宋通讯)完,颇别致。

十日

天仍热。

早晨上现代诗,讲 T. S. Eliot。

过午 swim,打 handball。

最近写日记老慌,一想没事,就想打住,其实再想还有许多。我最近自己发现,不只写日记好慌,无论作什么事总想早作完,不知什么毛病?

十一日

仍然是呆板的生活。

今天早晨有日本飞机来北平巡视,据云并没有掷弹。我最近发现,自己实在太麻木了,听了日本飞机也没有什么回响。

十二日

六点钟起就听到轰轰的飞机声,是日本的吗?一打听,果然。

晚上看晚报知道城里颇为惊慌,在清华园却看不出怎样。

十三日

早晨进城。坐洋车,同行者有长之,Herr 施。

先到崇效寺,牡丹早已谢了,只余残红满地,并不像传闻的那样好。

又同长之到中山公园。牡丹也已谢,但尚余数朵,以我看似乎比崇效寺强,虽然听人说,不如崇效寺种类多。

又到太庙,主要目的仍在看灰鹤。访静轩不遇。访荫祺,晚同访璧如、鸿高、贯一。

宿盐务学校。

十四日

本来今天想早走。吃过了午饭,璧如忽出外购戏票,吉祥,荀慧生演。

一点戏开,出颇多。荀演两出,一《探亲》,一《战宛城》。以我论,以时慧宝为最好,年已老,而嗓音宏亮。

《战宛城》未能看完,因赶汽车。荀身高,作派颇 attractive〔迷人〕,再不客气说就是"浪",唱得不好。

七点回校。

十五日

昨晚北平情形颇严重,各路口马路皆堆麻袋,据云今晚恐有暴动。心颇忐忑。

昨日访静轩主要目的即在要钱,未遇。囊空如洗,怅怅。归校后,第一即见到秋妹信,言家中近中尚不能寄钱,德华生一女。心颇急,精神靡颓。乃写信致鸿高借钱。头堂考法文,头晕体乏,难过已极。

长之定今日回济,十一时即乘洋车赴平。

过午因精神不佳刷德文。

十六日

今天听王宗贝说，鸿高已于昨日回鲁，借钱不到，奈何。

上课也只是敷衍。

十七日

今天请黄杰师长演讲南天门作战经过。黄极年轻，颇奕奕有英风。

现代诗因演讲停止。

过午打 handball。

十八日

我自己真泄气，开口向别人借钱，又有什么大不了，何必这样在心里思量呢。

精神坏极。

十九日

早晨四堂课，只上三堂。回屋一看，有挂号信，钱来了，喜极。

过午体育，打 handball。

接到长之的信。自从黄郛到平以后，空气已大和缓，妥协是没有问题的了。

过午出校散步，有许多兵过，一打听是黄杰的兵。我心里难过极了——据说黄的兵在南天门牺牲了三分之二，这些回来的都是百战余生了。我们为民应当怎样对他表示欣喜感谢呢？然而一般人却都旁观者似的站着看，漠不关心。又往前走，看见一个农人牵着骡子仓仓卒卒地藏躲。唉呀中国人！

中国兵为谁而死呢？连他们个人，也有点渺茫。我心里太矛盾，对什么事情〈都〉不敢想，不敢想。

二十日

寄长之信。

看 Return of Native［《还乡》］。

过午清华燕京一二年级对抗运动，看了一回，又打 handball。

晚饭后同吕、武去看黄杰部兵士掘战壕，妥协看来是没有问题，但空气又颇紧张。今天有十一〈架〉日机飞平示威，难道故意作样给人看吗？

二十一日

五点起，因为同王、武、蔡约好打网球。

因为昨天太累，昨晚又没睡好，所以打完网球吃过早点即行大睡。

过午看完 Hamlet［《哈姆雷特》］。看 Return of Native。觉得不好，描写 dull［沉闷］而笨拙，毫无艺术技巧。

晚上看 Return of Native。

二十二日

这几天空气又有点紧起来。在路上走，随便就可以听到各种各样的谣言。

过午三点，校长忽然召集全体同学在大礼堂讲话——不好。果然是不好，他接到北平军事当局的通知，说倘若学生要走，现在就可以走了。

于是，人心大慌，见面总离不了——"走不走？"

全校大混乱。

二十三日

一早起来去赶汽车，想到城里去看看风色。汽车在西院就被人占满了。刚从城里开来一辆汽车，应该到大门下车，然而在西院候车者都不放汽车走（其中最勇敢的是曹诗人），汽车又偏要走，于是都攀援到车上想被带到大门，一个 tragicomedy［悲喜剧］——终于汽车没走。我也拼命挤了上去。天空飞着日本飞机。

先到北大，印其已走。又到朝阳，璧如也走。自己随到市场买了只箱子，坐洋车回来。

然而消息又好了——据说英法公使从中调停，先停战，《北平晚报》大出号外。真的吗？

又打 handball。

二十四日

看报证明消息是真的。于是又上课，然而大部分同学却都跑光了。教授提了皮包,昂昂然上讲台,然而不到一分钟,又嗒嗒然走回来,因为没人,真是滑天下之大稽。

这几天生活虽然在 confusion[混乱]中过去,然而却刻板、单调。晚上大睡,早晨晚起,上课是捧教授场,下课聊天,喝柠檬水,晚饭后出去溜圈。真也无聊。

过午又打手球。

二十五日

消息渐渐好起来,虽然还不敢保险。上了堂法文,只我一个人。

仍然是,睡觉,打 handball,喝柠檬水,溜圈,聊天,仍然是刻板的生活,真也无聊。

二十六日

今天学校出布告,大考延至下学期。

我还想再在学校里住两天,玩个痛快,济南真没有好地方。

图书馆代买的书来了,真想不到这样快。亏了昨天郑康祺同校长交涉,山东同乡向学校借了每人五十元,以津贴作抵押,我也领到五十元,不然干了。

二十七日

夜里淅淅沥沥地响,下雨了。

生活仍然是照样地单调。把新买的书从图书馆里取出来,颇满意。

过午又打 handball。

借了几部小说。今天只看了《绿野仙踪》，不甚高明。

二十八日

想回家，今天写家信要二十元。

今天 baseball［棒球赛］在本校 try-out［选拔赛］，因为实在太无聊了，出去看了看，也没有什么意思。

今天是旧历端午节。去年这时候我已经在家里了，但今年却无聊地守在这儿。古人说"每到佳节倍思亲"，因为太糊涂了，根本没想到佳节，亲也更无从思了。

二十九日

昨夜雷电交加，大雨如注。

今天没上法文。Holland 大打电话来催，我已决意不去。刷她。

昨天看《东游记》，简直不成东西，《绿野仙踪》比较好一点，不过也不高明。这一比较，才看出《红楼梦》《儒林外史》的好处来。

看张天翼的《鬼土日记》，还不坏。不过讽刺太有点儿浅薄，也太单调。文字很经济。

三十日

今天早晨上了一堂现代戏剧。

过午仍然是打 handball。

天气忽然冷起来。

晚上溜圈回来在王红豆屋大打其牌。一直到十点才回屋,你猜回屋干吗?大睡其觉。

三十一日

早晨上现代诗,老叶竟然不去。

过午二至三〈点〉打网球,三至六〈点〉打 handball,直打〈得〉遍身软酥,一点力量也没有了。打破以往运动时间长的记录。

借了一本《岭南逸史》,不甚高明,文字之坏,不可言说,内容也贫乏得可以,结构也没,总是那一套佳人才子,又加上神仙富贵,真正极无聊之能事。这几天看的这几部长篇小说,一部比一部坏。从前只说《红楼梦》好,不知其所以然,现在一比,才真见出《红楼梦》之高明哩。

六月

一日

今天到城里托中华捷运公司把两只箱子运回济南。是坐洋车去的,一路上道路坎坷泥泞,高摆在车上,好不难煞人。十二点半起行,三点才到西皮市公司,结果叫车夫敲了一下,又叫公司敲了一下。

四点钟回校。

今天中日停战和约签了字了,内容对中国实在太侮辱,我想最近恐怕有人要出而反对罢?!

回校后大累,八点就睡。

二日

昨夜雷声殷殷,早晨大雨倾盆。从窗户里看出去,一片苍翠,雾气朦胧。

过午打 handball,一直到五点半。

昨天接到家里的信,要我赶快回去。在这里无聊,回家更无聊。怎么是好。

三日

天色阴沉,老想下雨的样子。

早晨接到家信,并 $20.0。在图书馆借了两本小说,一本《北史演义》,一本《梼杌闲评》。最近因为无聊很看了几部中国小说,都是乌烟瘴气不成东西。

过午看 baseball try-out。

决定下星期三走。

四日

本预备今天进城,早晨天色阴沉,恐怕下雨,没能走。

吃午饭的时候,武、王、施三君忽然决定饭后徒步进城,我也赞成。于是开步——袜子前边破了,脚趾被摩擦,倍儿难过。顺着平绥路,走,走,走。天虽阴而沉闷,也热。到西直门刚上电车,便大雨倾盆,其势猛极。我想,倘若走慢一点,非淋在路上不行。到西单下电车的时候,已经停了。

到老天利买了个景泰蓝的小瓶。

坐四点半汽车回校,雨又濛濛地下起来了。

五日

淅沥,淅沥,下了一天雨。

早晨看《北史演义》。

过午在王红豆屋打牌,打了一过午。

晚上回屋睡觉。

仍然淅沥淅沥地下着。

六日

终于晴了天。

早晨跑了一早晨,忙着汇钱,汇到 Toyle[①]。

过午打网球,及 handball。

---

① Toyle:此处疑为 Foyle,英国福伊尔书店。

晚饭后,到朗润园一游,风景深幽。

七日

决定今天走了。

早晨在王红豆屋打牌。过午一点钟进城,先买了车票,又到琉璃厂买了几瓶酸梅露。

车上人少极了,与从前一比,大有天壤。从坐车的方面说不能不算痛快了。

车内尘灰太多,车外玉盘似的月高悬。

八日

东方刚刚发亮,就可以模模糊糊看到车外的景致。

九点半到济南——不知为什么我每次来到济南,总有许多感想之类的东西萦回在脑子里。一方面觉到济南,人与地,之卑微,但是一方面又觉到个人的渺小。

到家里所见的,结果是——理想见了事实要打折扣,折扣的大小,看事实与理想之高下而定。

九日

到孙二姐家住了一天。吃东西,听洋戏。

本来因为无聊才来家,然而刚来家又觉到无聊了。无聊如大长蛇,盘住了我。

十日

游神似的过着生日。

济南空气总令人窒息。看着浅薄的嘴脸、窄的街道,也就够人受的了。

早晨访长之、柏寒、秋妹,照例的俗套,无聊已极。

十一日

今天到运动场打了几个钟头的球。因为打完了不能随着洗澡,总不敢多使劲。

晚上去洗澡。

济南天气,同北平差不多,忽阴忽晴,莫知所以。还濛濛地下着雨,转眼就可以晴天。

心里觉到烦。

十二日

今天又同志鸿弟到运动场去打网球,倍儿泄气,天热极。

秋妹来,菊田亦来。打牌大败。

终日来来往往的净是客,绝不能安坐读书。这暑假,我想大概就这样过去了。好在预先没有大的计划和野心,即便实行不到,也没有什么。但是一想到时间就这样让它白白地跑过去,又似乎有什么了。

十三日

菊田又来,同秋妹、四舅同游千佛山。山下正凿井,据说已经一年了,还没凿出水来。

山上风物如故,实在不见高明。济南山水的大缺点就是不幽不秀,千佛山尤其利害,孤零零一个馒首似的山,没有曲折,没有变化,不过因为多了几棵树,在济南就成了宝贝了。

晚上刚要睡觉,婶母忽大发病。呕吐不止,人事不知,冷汗遍体,状极危险。赶快往高都司巷跑,去请梅城姐,还好,她在家。

一宿没睡,孙跑伍颠地弄了一宿,只就高都司巷一处就不知跑了几次。

十四日

从今天以后,因了婶母的病,颇含有危险性的病,使我尝到了平生没曾尝过的滋味。一方面看着病人发急,一方面不能睡觉,又一方面还得出去张罗医生药料,还有一方面是不能吃东西——就在这种情况之下,我活了七八天,我仿佛在大雾里似的,茫茫的看不见光明。

病人的症象是——睡着时也颇安静,一醒则大嚷头痛,胡言乱语,有时竟还唱。我一听她的唱,真比用刀子割我的心都痛。

正在感到无可奈何的时候,接到长之的信,转据峻岑说中国家庭是免不了病人的。旨哉斯言。

十八日①

打长途电话致叔父，催他回来。晚上病人竟大发其昏。私念，倘有好歹，我的责任可就难免了。不过，还好，第二天，叔父就回来了，同时又请了王兰斋。到了第二天（二十日）婶母的病就有转机了。

截止到这里，我的心情有了个大的变动——以前老是忧虑着病人的病，自己散出许多扑朔迷离的幻影，想到了许多不应当想的事情。这以后，是为自己，为自己的环境，为因叔父的到家而袭来的意外之不痛快，而发躁。我给长之一封信上说："我前途看不见光明，我渐渐发见自己是一只鸭子，正在被人填着，预备将来宰了吃肉。"其实，还不这样简单，这不过表示一时的 whim［怪念头］。事实是这样：我对秋妹感到了十二分的不满，同时又听到，婶母的病是我气的。我听了，真是欲哭无泪啊。整个晚上，我焦思着，我织就了一付烦闷的网，深深地陷在里面——我想到了故乡的母亲。

二十日②

王兰斋又来。

二十二日③

又来。

---

① 1933 年 6 月 15 日至 17 日无日记。
② 1933 年 6 月 19 日无日记。
③ 1933 年 6 月 21 日无日记。

二十三日

到菊田、三姨处。到菊田处是因为听说他不好,奉命去的。就因为秋妹那付神气,彝家我还真不愿意去呢。以前的秋妹是轻浮,现在是在轻浮之外,加上一层自己莫名其妙的高傲。因为嫁了一个刚刚够看见饭碗的女婿,就烧成这个样,将来还堪设想吗?

二十四日

又请王兰斋,遇牧来谈,病人大好。

二十七日[①]

天气大热。

半月来未洗一澡,腻极矣。过午去理发,又到遇牧处,不在。去浴德池洗澡,已止水矣,回家后,遇牧在。

二十八日

现在才能零零碎碎地看点书,我预定把中国所谓"经书"均看一遍,先看《诗经》。Hölderlin 的诗也读了点。过了〈午〉访遇牧。洗澡。

[①] 1933 年 6 月 25 日至 26 日无日记。

二十九日

早晨到三姨家去。

秋妹来，故态依然。

昨天四印弟送了我一个龟。不知为什么我对龟特别有点儿喜欢。记得很小的时候，我就曾为买一个龟而费了许多事。去年从彭府拿了一个来，本来想带到北平去，冬天里在水缸里泡死了。今年这个比去年的还大还厚呢。

三十日

几天来就闷热，早晨又下起雨来了。到兴隆店街请了一趟先生。

遇牧来，彭三亦来，谈了一头午。

过午遇牧又来，我骑他的车去弄烟土，非所愿也。

我近来对家庭感到十二分的烦恶，并不是昧良心的话。瞻望前途，不禁三叹。

七月

一日

今天没有什么可记的事情，但是是颇有意义的一天。几日来，因为事情太复杂，精神渐渐萎靡下去，但是自己却还没有意识得到——

今天晚间访长之，纵谈一晚，谈到文学、哲学，又谈到王静安先生的刻苦励学。长之说："一个大学者的成就并不怎样神奇，其实平淡得很，只是一步步走上去的。"这最少给我们一点兴奋剂，使我们不致自甘暴弃。回家后，心情大变。I have gotten refreshment〔我的精神又恢复了〕。

二日　星期日

访遇牧，彭三哥亦往遇牧处。遇因有先约，乃与三哥同往公园，游人如鲫，惟地燥无水，颇觉蒸热。据三哥谈，因当局命妓女着坎肩，以资表示，彼等不欲，故往公园卖俏者大不如以前。

在致美斋吃饭。

看贾波林的《城市之光》。一叔由家来。

三日

早晨忽然接到艾克的通知，说他到济南来了，叫我去找他，陪他去逛。

我到瀛洲旅馆去找到了他。先请他吃饭（唐楼），陪他到图书馆，因为是星期一，锁了门，费了半天劲，才弄开的，各处逛了逛，替他详细解释。又请他逛了个全湖，对张公祠的戏台大为赞赏。他说他预备到灵岩寺去工作。同行者尚有杨君。

四日

早晨早起来，买了四盒罗汉饼，又跑到瀛洲旅馆去找艾克，因为他说今天起身。到时他已经走了。遂把礼物转赠武崇汉,约定明天过午去找他。天气热极。

几日来,心情非常坏,一方面因为个人的前途恐怕不很顺利,一方面又听一叔说母亲有病,香妹定七日出嫁。母亲她老人家艰难辛苦守了这几年,省吃俭用,以致自己有了病,只有一个儿,又因为种种关系,七八年不能见一面,(别人),除了她的儿以外,她的苦心,她的难处谁还能了解呢?母亲,我哭也没泪了。谈到香妹,又有了经济问题。婶母为什么病的呢?不是因为经济吗?现在刚好了,又来了经济问题,我说什么?我能说什么。母亲办事的苦衷,我能了解,别人也能了解吗?

五日

长之来谈。同往图书馆,我的主要目的是找傅东华译的《失乐园》,同时再检查检查旧书目,是否够用的,结果是都满意。

出图书馆同赴商埠访柏寒,谈至四时又同赴胶济站访 Herr 武。我本意想请他吃一顿饭,再请他逛千佛山,长之说不如到山上去吃,于是就买了东西,出发,到山时已五点半了。

吃毕下山,游运动场,又同到家来。疲极矣。天热甚。

六日

秋妹来家,商议香妹出嫁事。

一天不痛快,正是哑巴吃黄连,有苦说不出。

晚上在门外乘凉,快甚。

昨天同长之谈到，一同到北平，就计划出刊物。

七日

晨间，出我意料之外的，虎文来访我了。事前，我写给他一封信，看看他是否在济南。

谈了半天，他说我们几个志同道合的人顶好组织起来，作有规模、有计划的翻译工作，我很赞同。

早饭后同菊田、秋妹、叔父打牌。

晚遇牧来，竟日伤风流鼻涕，极不痛快。

八日

我本来同虎文约定，今天同长之去访他，然而他又来访我了。他说，他约我今晚去游湖。

五点半后，访长之，同赴高祥后访石生、虎文、西园及一徐君。杨君已先在，谈了半天，遂出发，在张公祠上船。在白天里，看大明湖的河道实在太小了，胡适之说她是一湾臭水，实在并非过苛。但是晚上在朦朦胧胧的暮霭里，看来却不甚小呢。先到北极庙，停了一会，又开着走，两旁的芦苇，在暗色里，沉静得想说话，河里的水也一样地静暗，间有一二流萤，熠熠地发着光，仿佛加了一丝活气，但是一切仍是静静的。

在古历亭前水阔处停了船，等月亮上来，少焉，果然上来了。徘徊于洋楼之上，湖面上顿时添了几道金蛇，但因为没风，这金蛇都是死板板地卧着。

同长之谈到创作与了解。

十点半回家。买了一本新出的《文学》创刊号，还是以前文学研究会那般人包办。

九日

连十日也算上，对我太渺茫了，因为日记是十三日早晨记的，想了半天，只是想不起，一个个影子似的，捉不牢。不，根本就不能捉。

仿佛记得读 Hölderlin 的 Hyperion [《许佩里翁》]，就在这两天的一天开始的，而且还决心译它一下。

十日的过午同三哥游运动场，在谷丛里的墓碑前面，有一男一女，相背而坐，等我们买甜瓜回来了，仍然在同样的情况下。我们觉到奇怪，"秋"了他们一会，便追上去了，一追追到教场，无言分手。乃独追女人，追到司里街首一小门前，站有二三小妮，开口呼彼女曰"二姑"，彼女住足与谈，我们因不耐，走了。

其他的时间大半都用在睡觉，看杂书。

十一日

今天仍在平凡呆板里过去的。

明天一叔预备回家，到了很晚很晚的夜里才开始收拾东西。我们替他收拾。我总觉得香妹的出嫁的赔送，是我的责任，然而没想到竟提前了。我的责任减却了，却减却不了我内心的矛盾的苦痛。在半夜里，东西收拾完，回屋睡觉的时候，我带着沉重的心。

十二日

早晨送走了一叔。

遇牧来，谈了一天。这几天来谈访的范围，总出不了社会的黑暗和个人的将来怎样。今天也不例外。我常自己想，我把任何事情都看得太复杂了。其实复杂的还没看见。我以前只知道社会的复杂，然而这所谓"知道"只是直觉。现在听他谈起来，才真地认识了社会的真相。

十三日

今天长之来谈，谈了一天，吃西瓜而走。

所谈到的，范围极广，社会的黑暗也谈到了，使我更深的明了一层。我总觉得，只有同长之谈话的时候，才能听几句人话，几句"通"话。

我们以前曾提议出一个刊物——《创造与批评》，因故未果。我意回北平后就出，还想组织一个德国文学研究会。

十四日

几日来，天气热极。终日蜷伏在地上，稍微一动，也会弄一身大汗。我感觉到。往年似乎没有这样热过。

十五日

白天里仍然蜷卧在地上，门绝不敢出，这真是过的一种蛰伏生活了。

晚上，遇牧来，谈到十二点才走。

现在我对家庭种种方面总感到不满意。最初我以为我的命运，真算坏到家了，虽然还有些人在羡慕着我。但是又一看，我还没发现一个好命运的人。我的，也颇感自慰了。

十六日

今天是星期。

早晨读 *Hyperion*，觉得非常好。拿抒情诗的笔法来写小说，他还是第一个。

过午同志鸿、四舅到甜瓜地去买瓜，刚摘下来就吃，别有风味。

十七日

仍然是那些事。

三哥在这里玩了一天。天气转凉，但仍不能支持。

晚上遇牧来。

最近往往自己制造幻影，再去追求。本来，我觉得所谓人生之意义者也就在有希望上。希望，无论将来能否如愿，总能给人生气，叫人还能活下去。一个幻灭了，还会有另一个，一直到，一直到——tomb［坟墓］。希望往往不能实现，所以人生也便空虚起来，Petöf（？）[1]（见鲁迅《野草》）说——

"希望是娼妓。"

是的，但是这样一来，把娼妓却看得太重了。倘若我是个捧娼

---

[1] Petöf（？）：此处疑为 Petöfi，裴多菲（1823—1849），匈牙利诗人。

论者，我一定认为这句话是完全对的。还有，在他的口气上，似乎痛恨希望，这不过是诗人的矫情罢了。连希望都不能有的人，还能活下去吗？自从去年以来，我的心常常转到娼妓身上去。我觉到她们的需要。

十八日

天气似乎好一点，但是据说还是很热，不过我已经觉不出了。

仍然读 *Hyperion*，抒情的成分仍然极大。

过午赴西关弭家。这种签到似的应酬，我真不愿意干呢。

十九日

今天仍然热，又没能读了多少书。

把屋子整理了一遍。我常有一个毛病，倘若屋子里乱七八糟，我能任着它糟下去，而且我还 enlarge［扩大］这糟。倘若我想整理，非整理得彻底了不行呢。过午又来了无谓的客，不能不陪他坐。

访长之，阍者云，他已走了三天了。

二十日

早晨读 *Hyperion*，读的倍儿不少，也痛快。

天气蒸热，屡阴屡晴。至晚乃雨。彭四姐来玩，阻于雨，乃打牌消遣。予大负。

二十一日

今天接到长之到北平来的信,我近来老想到回北平去。

早晨同四舅到万国储蓄会去领奖,因为婶母中了四奖。天外飞来之财也。

过午访遇牧。见景华嫂,印象颇佳。

二十二日

今天遇牧同景华来。

王子安亦来,所以一过午没作事。晚饭后,同遇牧、子安到运动场去玩,又到甜瓜地去吃瓜。一方面嘴里吃着,同时看着拖长了的瓜秧,点缀着稀疏疏的叶。吃完了,迎着黄昏,在乱坟堆里走回来。看西天晚霞的残晖。

二十三日

早晨忽然想译一首诗,选定的对象是 Hölderlin。又拿出卞之琳译的 Paul Valéry〔保罗·瓦莱里〕的《和霭的林子》看着,想得点翻译的灵感。结果是看人家译得愈好,自己愈不敢下手,就此打住了。

饭后希元来,上下古今谈了半天。晚饭后想到甜瓜地去吃瓜,走在路上下了雨,折回来,在大门口又上下古今谈了半天。

孙二姐来,谈了几句话。

这几天,叔父又闹耳朵。今年暑假我正走背运,先是婶母病,还未好,又接上叔父。

二十四日

叔父想往羊角沟打一个长途电话。我去打的。等的时间非常长，说话的时候却听不清楚，来来往往的走路的脚步声，悉悉索索直响。

在候话室里遇见老同学董世兰，他已经成了第二乡师的训育主任了，谈了半天。

晚上孙二姐来，住在家里。

二十五日

又决心念德文了。将来只要有一点机会，非到德国去一趟不行。我现在把希望全放在德国上。

天忽地又下了一阵雨。

天气凉爽多了。

二十六日

早晨到储蓄会去拿钱。顺便访董义亭，谈了十几分钟。

三姨来，二印亦来，志鸿又来，闹嚷嚷好不热闹。在这种不清静的环境里很难塌心读书。

晚饭后同四舅、希元、志鸿到运动场去玩，逾圩而出。在圩墙口，看南边的山、下边的高粱、西天的落日，颇有潇洒之致。

晚上孙大姊、彭大嫂来，更热闹得不堪了。

二十七日

因为吃东西,尤其是瓜,太多,几天来肚子就不好。今天索性拉起来。过午吃了点琉苦,泻了几次。

今天接到长之的信,说他已经渐渐安定了下来。他在暑假中作了一篇《我对于文艺批评的要求加主张》投到《现代》,现在接到杜衡的长信,要在八月号里登出来,喜的不得了。我每在精神衰颓到极点的时候,非有外来的 inspiration 不能振作起来,而 inspiration 的来源往往是长之。这次也不例外——我自己看了看,觉得太"见拙"了。我急于跑回北平去,同长之一块,也作点有意义的事情,写了有意义的文章。

二十八日

早晨写信复长之。

今天天气又忽然热起来。早饭后,一梦到四点,起来觉得头痛脑晕,极不痛快,午饭吃得也不多。

晚上在天井里凉快,咽喉忽然又痛起来——妈的,夏天里人毛病真多。喝了一壶藏青果茶,好了。我自己想——倘若可能的话,我也把我的文艺批评的主张写了出来,大概也能写几万字。我还想写一篇论小说的文章。我以为,小说太把人生简单化、机械化了。补救的方法就是加入抒情诗的成分。

二十九日

今天旧历是六月初八,我的生日。昨天晚上叔父拿出了两块钱。今天早起就同四舅到菜市去买菜，一方面过生日，一方面上供。

秋妹来。饭后，菊田亦来，打牌消遣，微负。晚饭后又打，又负，怪矣。

接到宏告信，说杨丙辰先生已为叶企孙等排去，下年四年德文恐不能开班。吴雨僧先生说学校当有变通办法，但不知何所指？不胜焦急。

三十日

一早起来同四印弟去替叔父买走的东西，到三合糁馆吃了点糁，颇不坏。

饭后，遇牧来，打牌消遣。顷刻志鸿、希元来，牌毕乃同游千佛山，乘自行车。与志鸿、四印在庙中折而上山顶。顶上凉风颇急，唯苦无树荫。趺坐石上，股下石蒸热甚。

曩者每游辄见"第一弭化"四大字，悬山腰上。欲登者屡，而苦不能寻径。今次登山顶，乃与志鸿、四印约，披荆斩棘，顺其疑似方向而去。道陡而棘多，动辄刺人手。止而绕进者数，乃得达。哥仑布发现美洲，其乐不是过也。字极大，刻镂极深，下列众僧名。北望黄河，水光帆影，漾荡浮游。

五时下山。

晚饭后，又同遇牧、希元、志鸿乘自行车游运动场。自运动场顺圩墙抵安徽义地。至进德会，偕志鸿入，游人甚多，修治极佳，大不似以前之游艺园。观猛虎，押铁槛中，而声威犹迫人，信为百兽之王。

出,同赴公园,游人众多。出公园,又赴大观园,颇现冷落,游人寥寥。电灯无光,唯缺月挂空,与数点疏星,抖擞寒风中。

归,又打牌,直至两点。

三十一日

昨晚睡觉不足,早晨仍昏然睡。起后精神不佳,饭后仍大睡不止。倘若可能的话,我最近就回到北平去,不然照这样下去,还得了吗?

晚上又打牌。

八月

一日

半夜里听得外面悉索的直响,是下雨。早起仍在淋淋地下着。

饭后,打牌。

晚饭后访遇牧,谈了半天,吃了一大块青州府甜瓜。回来时候已经十点了。

最近老想到回北平。因为叔父的关系,我总不好走。但是倘若太晚了,我只好自己先走了。

二日

最近想到恐怕不能很早回北平,不在家里念点书不行了。今天开始，硬着头读 Shakespeare 的 First Part of King Henry IV［《亨利四世》上篇］，读完了。

晚饭后，同胡二太太打牌，一直到十一点。

又想到职业问题，实在有点讨厌。家里所要求的和自己所期望总弄不到一块，这也是矛盾吗？但却不能谐和。

三日

早晨随便看了点书。

早饭后亦然。

晚上去推头，热了一身汗。回来，孙二姐来，打牌，大负。不但不能和，连听和都不听，只看着别人和，仿佛跑万米跟不上别人，只看别人的屁股一般。

四日

早晨开始看 Crime & Punishment［《罪与罚》］。吃了饭仍然继续看。本来预定看一百页，只看了五十页，也就觉得乏了。

五日

早晨开始温习法文，成绩还不坏。但是一想到，才一暑假的工夫，就几乎忘净了，不寒而栗。

饭后遇牧来，打牌，大胜。

晚同遇牧、二舅赴三姨处，在河涯凉快一会，又回至天井中围坐,遇牧操琴,二舅清唱,十一时归。

六日

今天又没能作什么工作。

本来约定(同遇牧、希元)游开元寺,因为今天是星期。他俩又因故没来。菊田来,打牌。

晚又打牌。

七日

现在成了打牌时代了。几天来,几乎一天打两场,手腕都打得痛了。晚赴上元街,听无线播戏。

八日

早饭后,打牌。昨夜一夜雨声,今天仍然绵绵不断,天色阴沉,实在除了打牌再没有好消遣法了。

晚饭后,赴彭家,又打牌。

九日

预定明天回北平。说实话,家庭实在没念念的必要与可能,但心里总仿佛要丢什么东西似的,惘惘地,有醉意。

今天是秋妹的生日。饭后打牌。忽然希元来,说有人让我一张车票,要我到西关去会面。到那里才知道是襄城哥请我,恐怕我不去，所以骗我。吃的江家池旁的德盛楼，小轩临池上，俯视游鱼可指，小者如钉，大者如棍，林林总总，游浮不辍。

归又打牌。

十日

预定今天走，但早晨一睁眼就下雨了，阴得很黑，于是决意改期明天。

饭后，打牌，一共打三场，大负。

晚上又打牌，胜。

十一日

今天太阳出来了，决意去了。早晨去买车票。

虽然每年来往两次，但当近离别的当儿，心里仍然觉得不很自然，仿佛丢掉什么东西似的，惘惘地。

饭后又打牌。

五点半出发。

到站时，车已经来了。找了半天，才找到一个位子。三人已先在，一军人，认识徐大爷（玉峰），自言曾为旅长，口操曹州白，微吃，精神奕奕，极有神气。一人燕大毕业，现在南开教书，年纪不大，谈到几个清华同学，却连呼："那小孩子先毕业了。"一人貌似商人，而自言曾为军需处长，上车即开始吃东西，一直到天津不停口——真是有趣。我的寂寞也因之而赶掉。

十二日

车上人很挤。过天津即看见车右黄水滔天,汪如大海,连绵八九十里。始止,然车左又发现大水,色清,亦连绵八九十里。今年雨的确太多了。

十一点到北平。适值大雨倾盆,雇汽车不成,乃雇洋车。时街中积足没踵,而雨势仍大。车夫冒雨而行,雨珠在头发上跳跃,白茫茫一片,令人看了有说不出的感觉。在这种情况之下,自然不能走快了。所以从下车一直走到两点才到清华。又时时顾到恐怕湿了箱子,又急切地想到目的地,有时闭了眼,有时一秒一秒的自己数着,计算时间的逝去,但睁眼看时,车夫仍在无精打采向前挨着走,真狼狈极了。到清华时,雨仍未止,满园翠色,益浓。心理烦恼,一抛而开了。

饭后,同长之闲聊,他向我谈到最近他的思想和事情。晚上睡大觉。

十三日

因为坐火车实在太累了,今天精神仍不好。但是一想到抛了家庭,早早赶回北平的动机是想念书,也只好勉强拿起书来读。读的是法文和 *Crime & Punishment*。

十四日

今天是很可纪念的一天,最少对我。

九点同长之一块进城,先访杨丙辰先生,谈到各种学问上的问题。他劝我们读书,他替我们介绍书,热诚可感。一直谈到下一点,在他家吃过午饭才走。

又到北大访李洗岑,因为我常听长之谈到他,我想认识认识。他在家,谈话很诚恳,他能代表山东人好的方面。长之给我的关于他的印象是内向的、阴郁的,但我的印象却正相反。

又会到卞之琳。对他的印象也极好。他不大说话,很不世故,而有点近于 shy。十足江苏才子风味,但不奢华。他送我一本他的诗集《三秋草》。在一般少年诗人中,他的诗我顶喜欢了。

四点半回校。

访毕树棠先生,谈了半天小说。领到了六元稿费。

十五日

一天昏头晕脑,精神太坏,仿佛戴上了灰色眼镜,看什么东西都有薄薄的悲哀笼罩在上面。

仍然是乱读,实在不高兴读,但心里又放不下。

晚上到长之屋去打牌,打的是扑克。

十六日

今天一天精神不好,一方面因为还有点想家(笑话!),再一方面就因为看到这次清华公费留学生考试。我很想到外国去一趟,但是学的这门又不时行,机会极少。同时又想到同在一个大学里为什么别人有出洋的机会,我就没有呢?——仿佛有点近于妒羡的神气。其实事情也极简单,用不着苦恼,但是却盘踞在我的心里,一上一下，很是讨厌。

大部分时间仍用在预备功课上。

晚饭后，同王、施二君出去散步。在黑暗里，小山边，树丛里，熠耀着萤火虫，一点一点，浮游着，浮游着，想用手去捉，却早飞到小枝上去了。这使我想起杜诗"却绕井栏添个个，偶经花蕊弄辉辉"。

昨天忽然想把我近来所思索的关于诗的意见都写了出来，名为《诗的神秘论》。

十七日

今天精神比较恢复了。

早晨读 Chaucer，对照着 modernized edition［现代版］，怪字太多，不过也不难。

过午打 handball，有某君赤身卧 handball 室，行日光浴。驱之不去，交涉半天，才走。真宝贝。许久不运动，颇累。

晚饭后同吕宝到校外散步，归到长之屋打牌。接到大千的信，当即复了一封。

最近又想到非加油德文不行。这大概也是因留学而引起的刺激的反应。昨天晚上我在纸条上写了几个字："在漩涡里抬起头来，没有失望，没有悲观，只有干！干！"然而干什么？干德文。我最近觉到，留美实在没意思。立志非到德国去一趟不行，我先在这里作个自誓。

十八日

今天一天都在看 Chaucer，文法颇怪，字亦不凡，对着 modernized edition 一行行看下去，颇形讨厌。

晚饭后，同长之、张明哲、蒋豫图到新宿舍屋顶上去玩，吃着烟台苹果，相互地用石子投着玩，看雨天的落日余晖，酿成了红晕的晚霞。

看巴金的《家》，令我想到《红楼梦》。

十九日

一天都在读 Chaucer。

我最近觉到很孤独。我需要人的爱，但是谁能爱我呢？我需要人的了解，但是谁能了解我呢？我仿佛站在辽阔的沙漠里，听不到一点人声。"寂寞呀，寂寞呀！"我想到故乡里的母亲。

我的本性，不大肯向别人妥协，同时，我又怨着别人，不同我接近，就这样矛盾吗？

二十日

我要作的文章——因看了巴金的《家》，实在有点感动，又看了看自己，自己不也同书上的人一样地有可以痛哭的事吗？于是想到把这些事情写下来，不然老在脑海里放着，怕不久就要磨灭净了呢？总名曰《忆》，因为都是过去的事情：

《忆大奶奶》

《忆父》

《忆王妈小宝》

看《家》，很容易动感情，而且想哭，大声地哭。其实一想，自己的身世，并没有什么值得大声哭的，虽然也不算不凄凉。

二十一日

在济南时，报上就载着，八月二十一日要日蚀。当时还以为很遥远，一转眼，到了眼前了。今昨两天的报上大吹大擂，说五十年来之奇观。我的好奇心被引动了，一点时便同长之等出去等着。我满以为要天昏地暗，白昼点蜡。其实不然，白日当天，看也不敢一看。失望而回。最后还是听同学说，蚀是果然，不过得等。

晚上曹葆华来屋说，瞿冰森已经允许他，每月借《北晨学园》三天给他，办"诗与批评"。听了大喜。他约我帮他的忙。

二十二日

预备 Drama，倍儿讨厌，因为笔记太不清楚。见田德望，说 Ecke 明天来，我们预备请他。

晚饭后，与长之长谈，读到林庚的诗和冼岑的诗。冼岑的诗我觉得很好。

二十三日

今天我同田德望合请艾克，地点是西北院，菜是东记作的，还不坏。

吃完了后,又同到合作社去喝柠檬水,同到注册部去解决三年德文考试问题。他大概这是最后一次来清华了。他预备下星期出国。

回屋后,作《家》的书评,想寄给《大公·文副》,写篇不成东西的文章为什么还要费这么大劲呢?晚上才写完了,结果是非驴非马,还加上头痛。

二十四日

肚子不好,泻。一天不大能吃东西。

说不看书,又丢不开。说看,又不能沉下心真看,一天就这样过去了。

本来预备进城找大千,他来了,所以中止。

晚上,人很难过,迷糊糊地在床上躺着,然而也终于强制执行看了二十页《罪与罚》。

二十五日

早晨仍然预备功课。

下午一时同长之进城。先到市场买了一个银盾送大千的哥,因为他结婚。又访大千,遇于途。又折〈到〉了东安市场买了两本书,一本 *Adam Bede* [《亚当·比德》],皮装颇美,一本 John Mansfield 的 *Enslaved*①。

七点回校。

---

① John Mansfield 的 *Enslaved*:此处疑似笔误,应为 John Masefield, *The Everlasting Mercy*。约翰·梅斯菲尔德的《永恒的仁慈》。

二十六日

一天胡乱看,预备功课最是无聊的事了。

读丁玲的《母亲》,觉得不很好,不过还没读完。访吴宓(晚饭后),他说 Steinen 将教 Faust 或其他 research course [研究性课程],可以代替四年德文,满意。

忽然想到职业问题,好在脑子里盘旋。明年就要毕业,职业也真成问题。

二十七日

早晨只是不想看书。

过午读 *Paradise Lost*,虽然不能全懂,但也能领略到这诗雄壮的美和伟大的力量。

读臧克家的诗,觉得有些还不坏。

又下了决心——下年专攻德文,不知能办到不?我希望能。

读丁玲的《母亲》,觉得不好。按材料说起,顶少得再长三倍,现在硬缩小了,觉到背境不足。

二十八日

早晨读讲义,真讨厌死了。

过午忽然下起雨来,从窗子里望出去,看一层薄烟似的东西罩住了每一丛树,真佩服古人,"烟雨"够多好。

长之说,郑振铎回信,《文学季刊》已接洽成功,叫他约人。他想约我,我很高兴。

又写了一篇评臧克家诗的文章。

二十九日

昨夜里下了一夜雨。

仍然预备功课，知道是无意义，白费时间，但又不能不念。真是天下第一大痛苦事。

访长之，遇靳以。听长之说，郑振铎所办之《文学季刊》是很大地规模的，约的有鲁迅、周作人、俞平伯，以至施蛰存、闻一多，无所不有。我笑着说，郑振铎想成文坛托拉斯。其实他的野心，据我想，也真地不小，他想把文学重心移在北平。但是长之所说的哄孩子玩，却错了，于是我也〈成〉孩子之一，也就被刷，而感觉到被遗弃了的痛苦。但是因这痛苦，也引起了自己的勉励的决心，觉得非干一个样不行。同先前一样，又想到干什么，我想了半天，究竟得不到解决，但总不出：

"中国文学批评史""德国文学""印度文学及 Sanskrit［梵文］"，三者之一，必定要认真干一下。最近我忽然对 Sanskrit 发生了兴趣，大概听 Ecke 谈到林藜光的原因罢。

三十日

仍然是无聊地预备功课。

读丁玲的《母亲》，觉得不好。因为曼贞变得太快，用王文显的 term 说，motivation［动机］不足。

终日接触些无聊的人，说些无聊的话，真无聊。

晚上写信致叔父，寄《学衡》一册。

三十一日

过午林庚来找，同他谈，觉得人极好。

同施、王诸君（所谓我们这个 group［群体］）总觉得不自然，虽然同班三年，但了解一点谈不上。我以前以为或者自己太隐藏了，不让别人了解。但是倘若同他们谈两句真话，他们又要胡诌八扯了。只要你一看那红脸的样子（王）和嘴边上挂着的 cynical［嘲讽的］浅笑（施）也要够了。

同长之、林庚又谈到所办的刊物。因而我又想到自己的工作，下年一定最少要翻译两部书，一是 Hölderlin 的 *Hyperion*，一是 Thomas Mann 的 *Der Tod in Venedig*。

九月

一日

今天整天心仿佛浮在水面上一般，只是不想念书，看来好像都预备好了，其实没有。

林庚来屋大谈，真是诗人，真是大孩子。在别人面前，自己总时时刻刻防备着，只有在他面前，我觉着不用防备了。晚饭后又同长之到五院顶上去看望。真是好地方。施君亦来，拿了几本李唯建、陆志韦的诗，真肉麻得要命，我真想不到竟有这样坏的诗。

吴宓送我一本臧克家送他的诗。

大千来校,事情已经找到了。

二日

今天才更深切地感到考试的无聊。一些放屁胡诌的讲义硬要我们记!

大千走了,颇有落寞之感。

晚饭〈后〉又登五院房顶。同长之谈到他的文字,我说我不喜欢他的批评《阿Q正传》,他偏说好。

我近来感到为什么人都不互相了解。我自己很知道,我连自己都不了解,我努力去了解别人,也是徒然。但是为什么别人也不了解我呢,尤其是我的很好的朋友?

三日

今天开始头痛,因为发现自己的笔记太坏了。

同艾克到济南的杨君来了,我到李嘉——日记刚记到这里,长之来找我,出去看月亮。刚走到操场,就看见碧空如海,月亮发着冷光。沿生物馆后面大路走去,踏着迷离的树影,看远处烟笼着树丛,在月光下,仿佛淡淡一层牛乳。立在荷池边,荷叶因月光照着太亮的缘故,叶面上的冷场分得太清了,仿佛萎了似的。沐浴在月光里,吸着荷香。再接下去写日记——言屋里去看他,谈了半天。五点半才去,约我星期去看他。

回屋里,又同吕宝、武宝去打handball,热得很。

四日

仍然是预备功课。

晚上,正要记日记,施君来约出去散步,同行者有曹诗人。月色仍然极好,不过天上有点云彩,月光不甚明。

五日

今天过午第一次考试——Drama。在上场前,颇有些沉不住气之感。窃念自小学而大学,今大学将毕业,身经大小数百考,亦可谓久征惯战了,为什么仍然沉不住气呢?

在考前,我就预言,一定考 High Comedy[高雅喜剧],因为我的笔记就只缺这一次,按去年的事实,只要我缺,他准考。这次果然又考了。急了一头汗。幸而注册部职员监场,大看别人笔记,他来干涉。与橡皮钉一。因为知道可以看书,明天 Shakespeare,今天也不必预备。

晚上心里颇舒散,同曹诗人出去大溜。

六日

今天过午考两场:小说和 Shakespeare。Shakespeare 的题目又叫我预言着了——Tale stoff[故事素材]。

今天考 Shakespeare,监场者颇知趣。

又打 handball。

晚上预备 Renaissance,一塌糊涂。睡大觉。

七日

早晨考 Renaissance，想不到这样容易。

虽然在考试中，Toss 新生仍然举行。午饭后到体育馆一看，花样比去年又变多了。

考现代剧，仍然是照抄。

晚上看法文。

八日

今天没有考，但是须要预备明天的法文。

卞之琳来游，在长之屋同他谈了半天话，真是诗人。他最近又写了一首诗，我觉得不好。

想丢开法文，不〈但〉丢不开，想看又看不下去。这也是 dilemma［困境］吗？晚上终于谈了半晚上话，回来大睡其大觉了。

九日

早晨怀着不安定的心，走到教室里。考法文，出的题不太难，不过，答得也不好。

考完了，回屋收拾屋子。因为没有事情作，心里又觉得空虚了。

晚饭后，同蔡淳到车站去散步。到王红豆屋闲扯。又到长之屋，同卞之琳谈话，又随之琳到曹诗人屋，谈了半天。

十日

九点进城,同行者有卞之琳、长之。

先到杨君处,他原来请我吃饭。他家庭是老式的北京家庭,父母都在,也都极和蔼。姊妹都不避人,这是与济南不同的。他已经是三个孩子的父亲了,然而他的夫人的肚子,又有点显得大了。

访鸿高,不遇,他已移入朝阳大学内。

访印其,遇。

到西斋访峻岑,长之在那里候我。同长之一同到琉璃厂,我买了一本 German Lyric Poetry [德国抒情诗],太简单,不过也还满意。

七点回校。

十一日

今天请求缓缴学费。

一天没能作什么正经事。早晨替王岷源看屋,因为他刚从二院搬至五院。

《大公·文副》又有一篇文章登出——巴金的《家》的 review。

想翻译 German Lyric Poetry,但是里面引的诗太多,不甚好译。

十二日

早晨到教务处去打听,缓缴学费已经允准了,于是一被挤于会计科,二被挤于注册部,再加上来往于系办公室与注册部者数次。

——而注册的手续予以完成,又被承认是正式学生,成了

dignified senior［尊贵的高年级学生］（Bille［必莲］语）了。

十三日

早晨行开学典礼，只同吕、陈出来溜了个圈，没去参加盛典。

长之叫我替郑振铎办的《文学季刊》作文章，我想译一篇 T. S. Eliot 的 *Metaphysical Poets*［《玄学派诗人》］给他，他又叫我多写书评。

晚饭后，同曹葆华在校内闲溜，忽然谈到我想写篇文章，骂闻一多，他便鼓励我多写这种文章，他在他办的《诗与批评》上特辟一栏给我，把近代诗人都开一下刀。

在长之处，看到臧克家给他的信。信上说羡林先生不论何人，他叫我往前走一步（因为我在批评《烙印》的文章的最末有这样一句话），不知他叫我怎样走——真傻瓜。怎么走？就是打入农工的阵里去，发出点同情的呼声。

十四日

早晨上了一课古代文学，有百余人之多，个个都歪头斜眼，不成东西，真讨厌死了。

过午上十八世纪，Jameson 只说了几句话。

早晨抢着借了几本书，想翻译，过午回到屋里，想了半天，只译了一点，T. S. Eliot 的文章真不好译。

十五日

今天早晨只上了一课。大部分时间都用在抄我以前译的一篇文章——《从玛楼到歌德〈浮士德〉传说之演变》。因为我昨天感到临〈时〉翻译的困难,又不甘心不给长之一篇文章去登,总还是名心不退,所以只好抄出这篇给他。

又忽然想译一首 Hölderlin 的诗,但是硬干了半天,自己看着,终究不像诗。难道我真的就不能写出或译出一首诗吗?

这几天,读书的雄心颇大,但是却还没有什么效果,自己觉着,似乎还没开始似的。

十六日

夜里雷电交加,雨势似乎不小。早晨云仍然蔽了天空,但雨却不下了。于是我就进了城—— 一上汽车雨便开始再下,一到下汽车的时候,雨已经很可观了。先到静轩处,他在家,谈了半天,吃了饭,到琉璃厂,买了一本 Virgil 的 *Aeneid*〔维吉尔的《埃涅阿斯纪》〕,去到宣武门外中央刻经院去买(替长之)《六祖坛经》,没有,于是到市场,于是又到大佛寺买到了。

到西斋去看峻岑,在;看虎文,又不在。

四点半回校。

十七日

早晨又下雨,阴沉沉的一天。

读 Hölderlin 的诗,我想从头读起,每天不要贪多,但必了解,我想写一篇《薛德林早期的诗》。

又读 Wilson［威尔逊］论 Symbolism［象征主义］，他以为 Symbolism 是 Romanticism［浪漫主义］的第二个复兴，在反抗 Naturalism［自然主义］颇有见解。

老想找个题目，替长之作一篇文章，但是想不出。想作文章而没有题目的痛苦，还是第一次感到。

十八日

今天是"九一八"两周年纪念，其实我早已麻木，根本感觉不到什么了，别人也不是一样吗？今天读书颇不少，Hölderlin 的诗，Macleod［麦克劳德］的 German Lyric 都读了一些，聊以自慰。

过午去打球。

卞之琳来，晚上陪他玩了会儿。

林庚的诗集出版了，送了我一本。

十九日

读 Witkop 的 *Die Deutschen Lyriker*［维特克普的《德国抒情诗人》］里专论 Hölderlin 的一章。起初我借这书的时候，只是因为题目好，后来在 Macleod 的 German Lyric 里发见 Witkop 还是个颇有名的批评家哩。

仍然读 Hölderlin 的诗，有一首 *An einen Heide geschrieben*［《致异教徒》］，曲调回还往复，觉得很好。

二十日

今天上班比较多一点，所以没能读多书。

过午上 German Lyric①，讲了几首诗，觉得颇不满足，因为照这样讲下去，诗未必讲的多，即多也没有多大意思。

又打 handball，晚上林庚请吃饭，大餐一次。

二十一日

上吴宓的中西诗之比较，他看重旧诗，并且说要谈到什么人生问题，我想一定没多大意思的。

仍然读 Hölderlin 的诗，单字觉得似乎少一点，几天的加油也究竟有了效果。

过午读 Witkop，又感到单字多得不〈得〉了，而且如读符咒不知所云，德文程度，学过了三年的程度，弄到这步田地，实在悲观。但这悲观，不是真的悲观，我毫不消极，非要干个样不行。连这个毅力都没有，以后还能作什么呢？

二十二日

今天虽然只上了一课，但似乎没读多少书。零零碎碎地读了点 Hölderlin 的诗。昨天读 Witkop 感到该文的困难，同时也就是自己德文的泄气，心中颇有退缩之感，但不久却又恢复了勇气。今天读起 Hölderlin 来，又有了新鲜的勇气了。

---

① German Lyric：即石坦安讲授的"德国抒情诗"课程。

一天把 Hölderlin 挂在嘴上，别人也就以"Hölderlin 专家"看我，其实，自问对他毫无了解，诗不但没读了多少，而且所读过的大半都是生吞活剥，怎配谈他呢？真是内愧得很。

晚上看电影，是合作社五周年纪念请客，片子是《奋斗》。陈燕燕、郑君里主演。陈燕燕颇 charming［迷人］，郑君里即演《火山情血》里面的不笑的人，要命得很，在这片子里更是流氓气十足——总之，这片子失败了。

二十三日

今天一天没有课。读 Witkop 和 Hölderlin，早晨又读了 Gueben 的 *Classical Myth* 关于 Trojan war① 的一部分，觉得颇有趣。

看到沈从文主编的《大公〈报·〉文艺副刊》，今天是第一次出版，有周作人、卞之琳的文章，还不坏。

晚上没读书，同施君谈天，脑筋不清楚。以后再不同他谈到较有意义的话。

二十四日

早晨施君来约我进城，一同到海淀去赁车，没有，进城只好作罢。

回来就开始写《再评〈烙印〉》，我现在才知道写文章的苦处——满脑袋是意见，但是想去捉出来的时候，却都跑得无影无

---

① Gueben 的 *Classical Myth* 关于 Trojan war：顾本的《古典神话》关于特洛伊战争。

踪，一个也不剩了。写了一早晨，头也痛了，才勉强写成，只一千字左右。

过午读 Gueber。

晚上读 Hölderlin，渐渐觉得有趣了。

二十五日

早晨，读 Hölderlin 的诗，把 Gueber 里的 assignments 读完了——是关于 *Odyssey*、*Iliad* 和 Virgil 的 *Aeneid* 的 myth[①]，颇有趣。

过午检查身体，完了又打球，累极了。

晚上仍读 Hölderlin 的诗，天下雨。

二十六日

今天 Jameson 的 assignment 下来了，书多得不〈得〉了，真令人害怕。但是无论怎样，多念点书，总是好的。我先决定看 Pope［蒲柏］。下课后，就到图书馆去借书。

打 handball，刚在练习着玩，还没正式打就跌了一跤，腿摔坏了，只好看别人打。

晚上读 Pope 的 *Rape of Lock*［蒲柏的《夺发记》］，如对符咒，莫知所云。

---

① *Odyssey*、*Iliad* 和 Virgil 的 *Aeneid* 的 myth：《奥德塞》《伊利亚特》和维吉尔的《埃涅阿斯纪》的神话。

二十七日

又借了几本关于 Pope 的书,读来如嚼蜡,但也硬着头皮读下去。

功课渐渐堆上来,于是头两天那种悠然读着关于 Hölderlin 的诗的文章,或 Hölderlin 的诗的心情,已经跑得无影无踪了,所以不得不把一天的时间分配一下——每晨读 Hölderlin 诗一小时。

把 *Rape of the Lock* 读完了。

晚上又读 Pope 的 *Essay on man*〔《人论》〕。

十月

二十四日

(羡林按:母亲故去,还乡治丧。这一段时间没有日记。)

昨晚大睡一场,今天身体比较舒适。早晨跑到图书馆去作 Pope 的 reading report〔读书报告〕。好歹作完 *Essay on Man* 的 summary〔摘要〕。

过午仍然在读 Pope,颇形难读。

有时候,脑筋里仿佛一阵迷糊,我仍然不相信母亲会真的死去了。我很难追忆她的面孔,但她的面孔却仿佛老在我眼前浮动似的。天哪,我竟然得到这样的命运吗?

晚上听朱光潜的文艺心理学,一塌糊涂。

二十五日

大部分时间仍然用在看 Pope。summarized［摘要］莫知所云，读来如对天书。

过午上 German Lyric，我已经决定了我的毕业论文题目——*The early poems of Hölderlin*［《荷尔德林的早期诗歌》］，Steinen 也赞成，他答应下次给我带参考书。

二十六日

开始抄作的关于 Pope 的 summary，比作的时候还讨厌。

有时候，忽然一闪，仍然不相信母亲会死了（我写这日记的时候还有点疑惑呢），她怎么就会死了呢？绝不会的，绝不会舍了我走了的。

几天来，因为忙于应付功课，有许多要写的文章都不能写，真也是苦事。

二十七日

Pope 的 reading report 算是弄完了，不禁舒一口长气。

晚上西洋文学系开会，到，同曹葆华一块去的。到会的人颇不少。吴主任大写其红布条，摇其头，直其臂，神气十足，令人喷茶。

我同 Steinen 谈话时间最多，他对于 Hölderlin 的意见，与 Ecke 颇不一样，他不承认 Hölderlin 诗里有 musical elements［音乐成分］，我虽然不懂，但总觉得不大以为然。

二十八日

今天开始作 Philology① 的 reading report，说是作，勿宁说是抄，因为实在地因为时间的关系，我只从别人处借了几份卷子拿来一抄了了这事。起初看着很容易，后来真作起来却还真有点讨厌。

过午看 Hölderlin 的诗，已经有月余没读他的诗了。现来读来，恍如旧友重逢。

晚上仍读他的诗。

二十九日

早晨看 Hölderlin 的诗。

午饭后，同施、王、左诸君到圆明园闲逛，断垣颓壁，再加上满目衰草，一片深秋气象，冷落异常。我仍然不时想到我的母亲——不知为什么，我老不相信她是死了。她不会死的，绝不会！在这以前，我脑筋里从来没有她会死的概念。

结束 Philology 的 reading report。

晚上仍然读 Hölderlin 的诗。

把在济南时作的《哭母亲》拿出来，加了几句话。

三十日

今天开始看 Homer［荷马］的 *Iliad*，未看前，觉着不至于很难看，但看起来还是真讨厌。充满神名和地名。在这里，我们可以看

---

① Philology：语言学，文中指作者的课程"语言学"。

到原始希腊人的生活。

打 handball。

晚上仍然看 Homer，看了一点 Hölderlin。

图书馆新买到许多德文书，有 Hölderlin、Herder［赫尔德］、Schiller［席勒］，颇为高兴。

三十一日

除了读了几句 Hölderlin 的诗以外，大部分时间都用在读 *Iliad* 上，仍然不能感到什么趣味。

最近一方面又读许多书，一方面又要作文章，觉得忙碌起来了。

前几礼拜，作了一篇《再评〈烙印〉》，是骂臧克家的，不意给曦晨看见了，以为有伤忠厚，劝我不要发表，曹诗人又不退还稿子，我颇为难——昨夜几失眠。

第三辑

1933年11月1日—1934年11月23日

十一月一日　今天是一个月的第一天，又是这次生病的第一天，也在这时候，我换了一本新的日记本，也是一种小有趣的暗合罢。

因为这次换了新之本子，不单我有些烦恼着了——就竟我这样写法才罢：早晨第一些钟读 Hölderlin，其余读 Lied。晚上你十六世纪好的 paper。

下午上 German Lyric 的时候，Steiner 给我指定几本参考书，因为你 Hölderlin 的论文的。他愿意借给我一本 Max Kommerell 的 Der Dichter als Führer。如果有了再到 Hölderlin 的一章，据他说是论到 Hölderlin 的一篇好的文章。

近来又感到有些身地，其实不但是感到，而且也真的有些身地——有许多 reading reports 要做，这要考，能不累身地吗？生急身地呢，我却一方面不能安心读我所新意读的书，一方面也不肯写专学的文章了。

二日　昨天已说有些感到身地，今天去身地的不又加了身地了——criticism 又要有们 test。

我知什么为自己对自己，但心里住实仿佛怪上什么东西似的，沉闷闷的。

1933 年

十一月

一日

今天是一个月的第一天，又是初次生炉子的第一天。正在这时候，我换了一本新的日记本，也是一种非常有趣的暗合吧。

因为初次换了新的本子，下笔就有点踌躇了——就让我这样写下去吧：早晨第一点钟读 Hölderlin，其余读 Iliad，晚上作十九世纪文学的 paper。

下午上 German Lyric 的时候，Steinen 给我指定了几本参考书，关于作 Hölderlin 的论文的。他并且借给我了一本 Max Kommerell 的 Der Dichter als Führer［马克斯·科莫雷尔的《作为德国古典主义领军人物的诗人》］，其中有讲到 Hölderlin 的一节,据他说是论到 Hölderlin 的顶好的文章。

近来又感到有点匆忙。其实不但是感到,而且也真的有点匆忙——有许多 reading report 要作,又要考,能不算匆忙吗?在这匆忙里,我却一方面不能安心读我所愿意读的书,一方面也不能写想写的文章了。

二日

昨天已经有点感到匆忙,今天在匆忙之外又加了匆忙了——Criticism① 又要有个 test。

我虽然竭力自己劝自己,但心里终究仿佛坠上什么东西似的,沉甸甸的。

在文学批评班上,我又想到我死去的母亲。这一次"想到"的袭来,有点剧烈,像一阵暴雨,像一排连珠箭,刺痛我的心。我想哭,但是泪却向肚子里流去了。我知道人生不过是这么一回事,但我却不能超然,不能解脱。我现在才真的感到感情所给的痛苦,我有哪一天把感情解脱了呢?我决定作《心痛》。

三日

今天一天没课,但心情并不闲散,而且还有点更紧张。因为上课的时候,有一个教授在上面嚷着,听与不听,只在我们。现在没有课,唯恐时间白白地逃走了,只好硬着头皮往下干。

把 Johnson 的 *Life of Congreve* [约翰逊的《诗人列传》]的

---

① Criticism:批评,文中指作者的课程"文学批评"。

summary 作完了。又看 Philology。

看 Saintsbury 的 *Loci Critici*［圣茨伯里的《文学批评》］。Dionysius 的 *The Sources of Beauty*［狄奥尼修斯的《美的源泉》］，有一句话："A charming style must result from what charms the ear［唯有悦耳，方能感人］。"

这明明是他主张，文字里面应该有音乐的谐和，与近代象征主义、形式主义的主张，不谋而合。

四日

今天同虎文约定，他来看我。从早晨就在屋里等他，只是不见他来。到了晚上，快熄灯的时候，才从工友手里看到他的名片——他来了，竟然没见到我，同来者还有杨丙辰先生。我不能写出我是怎样的抱歉！立刻写给他一封信。

今天读的书仍然是 Philology 和 *Loci Critici*。

晚上同长之谈话，谈到我写文章的困难。真的，我为什么把写文章看作那样一种困难痛苦的工作，许多好好的意念，都在想写而不写之间空空跑过了。

五日

整天刮着大风——北平一切都平静，静得有点近于死寂，唯独吹大风的时候，使一切都骚动起来。

一天都在同 Philology 对命，都是非常机械而为所不了解的图表。不能了解是真的，但又不能不往脑子硬装，这使〈我〉想到填鸭子。

所要作的《心痛》，到现在还没作起来。但是，我无时不在脑子思量着怎样去写。有时仿佛灵感来了，拿起笔来，一沉吟，头里又仿佛填满了棉花，乱七八糟，写不下去了。我作篇文章真的就这样困难吗？

六日

今天考 Philology。考前一直都在预备，但所讲的那些定律等等，我一点也不了解，只是硬往头里装。我笑着对长之："现在我练习念咒了。"

现在每天总要读点 Hölderlin，除了少数几首外，都感不到什么，因多半的趣味都给查生字带走了。在他的早期诗里，我发现一个特点，就是他写的对象，多半都不很具体，很抽象，像 Freundschaft［友谊］，Liebe［爱情］，Stille［平静］，Unsterblichkeit［永恒］等等，这些诗多半都是在 Tübingen［图宾根］写的，时间是从 1789—1793。我们可以想到他怎样把自己禁闭在"自己"里，去幻想，去作成诗——这也可以算作他自己在幻想里创造了美，再把这美捉住，成了诗的一个证明。

美存在在 imagination［想象］里——忽然想到。

七日

今天早晨上古代文学，吴宓把他所藏的 papyrus［莎草纸］传给我们看，恍如到了古希腊。

过午下了课，回到屋里来，工友向我说，你有挂号条——我的心跳起来了，我的手战栗，我飞奔到宿舍办公室。然而结果是家里寄来的皮袍。真的，我现在正在等清平寄来的贷费，急切地等着。听到挂号信，怎能不狂喜呢？给了我一个小的失望。

晚上听朱光潜讲文艺心理学，讲的是 Psychical Distance［心理距离］与近代的形式主义。我昨天所想的那些，又可以得到一个新的根据。Hölderlin，我想，真的能把一切事物放到某一种距离去看，对实际人生他看到的只有抽象的 Schönheit［美好］，Freundschaft 等等。但这些东西，又实在都包括在实际人生里面。所以我们可以说，他对实际人生不太远，也不太近，所谓"不即不离"。一方面使人看到"美"，另一方面，也不太玄虚。

八日

今天整天都在沉思着作《夜会》的书评。一起头，就使我感到困难。

过午上德国抒情诗，问了 Steinen 几个关于 Hölderlin 的诗的问题，解答颇为满意。

晚上终于硬着头皮把《夜会》的评写〈完〉。我现在真地觉到写文章的困难，在下笔前，脑子里轮廓打得非常好，自己想，倘若写成了文章，纵不能惊人，总也能使自己满意。然而结果，一拿笔，脑袋里立刻空空，那些轮廓都跑到哪里去了？捉风捉不到。写成的结果是自己也不满意——然而头痛了，电灯又警告了。只好嗒然走上床上。我想到了鸡的下卵。

九日

文章写完了,文债又少了一件。但是仍然有缠绕着的事——就是,林庚找我替他译诗,我推了几次,推不开。今天过午,只好把以前译的稿拿出来修改修改。一个是《大橡歌》,根本不能修改;一个是《命运歌》,修改了半天,仍然不成东西——结果却仍然是头痛。我又新译了 Stefan George 的短歌,颇为满意。

晚上作 Philology 的 reading report。这种无聊的工作,到底只是无聊。

十日

今天作 Philology 的 reading report。书上所说的,我十九不能了解,但是却不能不耐着心干下去。我忽然想到。我这是对符箓坐着,我自己笑了。

正在急着用钱的时候,吴宓把我们的稿费发下来了。量的方面,实在不多。但是,自己的钱都在一件近于荒唐的举动里(我作了一件大衣,用所有的钱,还有账)花净了,现在领到这区区〈稿费〉也如鱼得水了。

十一日

早晨把 Philology 结束了。过午进城,先到静轩处,不在;又访荫祺,不在;到盐务里去访他,仍不在;折回来又访他,依然不在。同虎文约定晚上找他。这许多时间,怎么过呢!——无已,乃独往天桥。我又看到一些我看到就难过的现象,不,其实不是难过,至多可以说看到就使我发生异样的感触吧。我又看到人们怎样在生活压迫之下发出来的变态现象。总之我又看到一切我不愿意看到的。但对这些,我却一向有着极大的趣味。我把时间消磨过了。

回到北大三院,适逢电灯出了毛病,黑天黑暗,我径自摸了进去。没找到印其,又摸了出来,摸到西斋。当时真如丧家之犬,一切对我都不熟悉,何况又在黑暗里。还好,我找到虎文。他桌上的那一点蜡烛的光明,知不道给了我多大的慰藉呢?

同虎文到杨丙辰先生家,谈到十点半,睡在西斋。

十二日

早晨到西城去找静轩,找到了。又同到中大访沛三,不遇。

十点半回校。因为这两天来跑的路比较多一点,所以累得回校后即大睡。

晚上读 *Iliad* 和 Hölderlin 的诗。

在长之屋里,见到吴世昌。看到长之作的《梦想》,他把他自所希望的,梦想将来要作到的,都写了出来,各方面都有。我也想效一下颦,不知能作到不?我写的,恐怕很具体,我对长之这样说,是的,我真这样想。

十三日

早晨就向自己下了紧急命令,限今天把 Homer 的 *Iliad* 读完。早晨没读了多少,因为心里好想看 Hölderlin。过午,坐在图书馆里,读下去,读下去,忽然被人拖走了,拖到合作社,请我吃东西,结果肚子里灌满了豆浆，接着又是上体育。满以为晚上可以把过失的损失补过来，于是又坐在图书馆里读下去，读下去，忽然又被人拖走了，是到合作社请我吃东西，结果灌了一肚子豆浆——在这两拖之下，我只好点蜡了，果然读完了。

十四日

一天过得实在都没有什么意思。因为明天又要补考 Philology，所以只好留出一部分时〈间〉去勉强看一看。这种勉强真是无聊得很，但是究竟读了几首 Hölderlin 的诗，也差堪自慰了。

晚上上文艺心理学，讲的是移情作用，我觉得颇有意思。

十五日

早晨又补考了 Philology。真讨厌，讲的四六不通而又常考，何不自知乃尔。

过午上 German Lyric，问了 Steinen 几个关于 Hölderlin 的诗的问题。我想，以后就这样读下去，一天只读一首，必须再三细研，毫无疑问才行，只贪多而不了解也没有多大用处。

忽然又想到下星期要考古代文学，终日在考里过生活，为考而念书呢？为念书而考呢？我自己也解答不了。

十六日

今天大部分时间都消费在读 *Odyssey* 上。

母亲的影子时时掠过我的心头——久已想写的《心痛》到现在还没写，写文章就真的这样困难吗？一想到写，总想到现在的匆忙。我现在真的感到匆忙了。但是想下去，想下去，匆忙，匆忙，没有完，也没有止，文章还有写的日子没有？我必需在匆忙里开出一条路来。

十七日

几日来，给不愿读而非读不可的书压得够劲了，一切清兴都烟似的消去。忙里偷闲读一点 Hölderlin，也有同样匆匆之感。

现在不敢向前看——前面真有点儿渺茫。我现在唯一自慰，不，其实是自骗的方法，就是幻想着怎样能写出几篇好的文章，作点有意义的翻译。然而就这幻想也就够多么贫乏呢？是的，真的是贫乏，但是，说来也脸红，我早知道蓬莱没有我的份，只好在这贫乏里打圈子。

今天读 Virgil 的 *Aeneid*。觉得在结构上，颇有点像模仿 *Odyssey*。

十八日

生活太刻板了，一写日记，总觉着没有什么东西可写。我现在的生活的确有点刻板，而且也单调。早晨读书，晚上读书，一点的变化就是在书的不同上，然而这变化又多么难称得变化呢？

过午看篮足球赛。我虽然对两者都是外行，但却是有球必看，既便在大考的当儿。

晚上荫祺来，他要我替他解决学校问题。

十九日

早晨虎文同张君嘉谋来。听虎文说，张君德文非常好，这使我很羡慕。

饭后，同他们到圆明园去玩。我对有历史臭味的东西总感到兴趣——你〈能〉从芦苇里想象出游艇画舫来，能从乱石堆里想象出楼阁台榭来。圆明园正是这样一个地方。

风很大，我们绕着湖转了一周。看风吹在水面上拂起皱纹，像渔人的网，又像一匹轻纱。

二十日

早晨读 Hölderlin 的诗。

过午作十八世纪的 reading report。打 handball。说到运动，我是个十足的门外汉，但是对 handball 我却产生了极大的兴趣，我喜欢它的迅速和紧张。晚上因为听到吴宓说古代文学明天不考，心里猛然一松，又觉得没事干了。

二十一日

今天真地觉得没有什么事情干了。平常是，一没有事情干，总想到自己所喜欢的书，于是我又想到了 Hölderlin。看的颇不少，而且也感到兴趣。

过午看清华对志成赛球。

晚上上朱光潜课，讲的是感情移入之理由。不知为什么，我在他班上，总容易发生"忽然想到"之类的感想，今天又发生了不少。

也许他讲的东西,同我平常所思索的相关连,我平常所想解决而没有解决的问题,也正给解决了。

二十二日

昨天晚上终于下了决心,要写《心痛》。点蜡点到十二点,没写完,而且自己也不满意。这篇文章在我脑里盘旋了不知多少天,而真的心痛一天也不知道要袭我几次,但是一写成文章却费了这样大的力量,结果只是使自己都不满意。我仍然要问,写文章真这样困难吗?

晚上,因种种刺激,又发生了心烦意乱的毛病,大概也可以叫作无名的怅惘罢。这种怅惘的袭来,不知因为什么原因,不知从什么地方。初起时,仿佛像浓雾,渐渐扩散开来,糊住了我的全心,黏黏地。

二十三日

说也怪,一上文学批评,因为吴老先生讲得太坏,不愿意听,心里总觉得仿佛空下来似的。于是去想,《心痛》的开始就是在文学批评班上想出的,今天又去想,结果又续写了点《心痛》。

看穆时英的《公墓》,技巧方面还不坏。

接到清平寄来的贷费,心里仿佛又一松。经济问题还真能影响人的心情。关于《烙印》的几句话在《诗与批评》登出来了。

二十四日

因为功课又松了下来,心情也跟着松了。于是又犯了旧毛病,觉得没有什么可作,书也不愿意多念。

早晨是游神似的在图书馆东晃西晃,过午仍然游神似的在图书馆里东晃西晃。

晚上吴宓请客,是西餐。我正式吃西餐,这还是第一次,刀叉布前,眼光耀目,我莫明其礼拜堂了。于是我只好应用 Aristotle〔亚里士多德〕的学〈说〉——imitation〔模仿〕,同席的有王力先生。他谈到他留法的经过,没有公费,没有私费,只凭个人替商务译书挣钱,在外国费用又是那样大,这种精神真佩服。其实说佩服,还不彻底:最好说,这给了我勇气。因为我的环境也不容许我到外国去。但是环境(经济的)不能制人,由王力先生证之——在佩服以下,这不过是私衷里一点欣慰而已。

二十五日

早晨看 Langfeld 的 *Aesthetic Attitude*〔兰菲尔德的《美学的态度》〕。过午在长之屋闲谈,看清华对辅仁足篮球赛。

我最近很想成一个作家,而且自信也能办得到。说起来原因很多,一方面我受长之的刺激,一方面我也想先在国内培植起个人的名誉,在文坛上有点地位,然后再利用这地位到外国去,以翻译或者创造,作经济上的来源。以前,我自己不相信,自己会写出好文章来,最近我却相信起来,尤其是在小品文方面。你说怪不?

这几天来,我就闲闲落落地写着《心痛》。因为我想把它写成一篇很好的文章，所以下笔不免踌躇起来。

二十六日

虽然是星期〈日〉，但却没能读多少书，因为自己觉得，星期日本来应该进城的，竟没进城。只读一点书，也就觉得比不读强多了。

看老舍的《离婚》，很不坏，比《猫城记》强多了。

几天来，老想到要写文章。根本没有文章而自己以为是个作家，不是很滑稽的事吗？

二十七日

早晨仍然读 Hölderlin。

过午只是东晃西晃，没作什么事情。接着又上体育，所以一直到晚饭，终于也没作什么事情。

自己觉得有意义的，还是又继续写了点《心痛》。至于完了没有，连我自己也不知道，因为我还不知道是否再有烟士披里纯①之类的东西光临我，让我再写下去。其实，截止到现在，说完也就可以算完了。

晚上从体育馆出来，看到东边墙外的远处，红红的一片。到了屋里，因为高了一点，才知道是山上的野火，不过太远了，看不真切。但是我却能想象到，倘若看真切了，应该是怎样有意思呢。

又看到金星（Herr 陈告我的），比别的星特别亮。我到图书馆

---

① 烟士披里纯：对英文"inspiration"（灵感）一次的音译。

去的时候,再看,已经没有了。

二十八日

没作什么有意义的事,连 Hölderlin 也没看。

但是也究竟作了件有意义的事,比一切别的事,我以为,还更有意义,就是我把《心痛》写完了。以前我写文章,自比为鸡下卵,其困难可知。但这次写,却没感到怎样困难,除掉开始写的时候。也许因为延长时间太长,散碎地写起来的缘故。说到延长时间长,我不能不感谢吴可读,因为一大半自以为满意的,都是在他班上写的。说来也有点奇怪,写到某一个地方,本来自己以为已经穷途末路了,但又不甘心就完结了,一上吴老先生的班,他一讲,我心里一讨厌,立刻不听,立刻拿出纸来写,立刻烟士披里纯不知从那儿就来了。今天收尾,也是在他班上,写着的时候心里颇形痛快,自以写得很好,而且当时还幻想着说不定就成了中国小品文的杰作,但是拿到屋里再看的时候,热气已经凉了一半,虽然仍然承认写得还不坏。

二十九日

明天就要考古代文学,又不能不临阵磨一下枪。但是这枪磨起来,并不感到困难,感到的只是讨厌。整整一天,无时不想去磨,同时又无时真想去磨,七零八碎地磨了一点,好坏只看明天的运气了。吴宓又要稿子,限制到五百字,我替他写了一篇《离婚》的 review,短短的一篇,却使我感到困难。不是难作,而是意思太多,难定取舍——终于点了十分钟的蜡，才作完了。

三十日

考古代文学，运气还不坏，不过在上班前，满以为，而且预备，可以畅所欲为地去看书。然而吴大先生忽然跑到我后边坐起来，摸着傅东华译的《奥德赛》大看，频摇其头，嘴内频出怪声，而且连呼"不好"。我虽然也偷看了点书，但是却不怎样"畅"。

考过了照例是不想念书，今天也不例外。心里空空然，漠漠然，不能附着在一定的东西或地方上。晚上把《心痛》抄完了，但是只能算是初稿，将来恐怕还要修改。几天来，都有关于写《心痛》的记载，看来不知道我 take 它多 serious，费了多大劲，但其实却不然。只是零零碎碎地心血来潮的时候写一点，也就写完了。这种"时候"大半都是在吴可读堂上（在这里，我证明 Habit of thinking［思维习惯］），并没费多大劲。

十二月

一日

今天十九世纪没课，党义①也请假———天没课，颇形痛快。

看郭沫若译的《浮士德》，因为太快，尤其是为功课而看，真仿猪八戒吃人参果似的，并没多大的兴味。终于却一天就看完了，

---

① 党义：20 世纪 30 年代清华大学的一门公共必修课。

而且还填 take 了 notes 了。

熄灯以后，又拿出《心痛》来，看，改，改的地方不少，自己还颇得满意。我总觉得使我写这篇文章的环境是我一生的第一次，也是第末次。而且写着的时候，总觉得还不坏，所以我不轻〈易〉把它潦草地弄完了。但是是否像我想的它那样，不管好与坏，那就只看别人的批评了。

二日

今天作 Faust 的 summary。无论多好的书，even Faust 只要拿来当课本读，立刻令我感觉到讨厌，这因为什么呢？我不明了。

过午看女子篮球赛，不是去看打篮球，我想，只是去看大腿。因为说到篮球，实在打得不好。

今年我总觉得北平不冷，但是一看气温报告，去年今日尚不如是冷。这又是因为什么呢？我不明了。

三日

今天整天都在预备 Philology，真无聊。我今年过的是什么生活？不是 test，就是 reading report，这种生活，我真有点受不了。

晚上又听到长之谈《文学季刊》出广告事情。我心里总觉得有点特异的感觉。仔细分析起来，仿佛是看到长之能替自己开辟了这样的局面，自己有点羡慕，也有点惭愧。以后非多写文章不行，写了文章以后，才能谈到那一切。

四日

今天早晨考 Philology，不算好。

过午作 *Faust* 的 summary，也不甚有聊。

这几天来，一方面因为功课太多，实在还是因为自己太懒，Hölderlin 的诗一直没读，这使我难过，为什么自己不能督促自己呢？不能因了环境的不顺利，就放弃了自己愿意读的书（写文章，也算在内）。

经了几次的修改，《心痛》终于作完了。有许多小的地方，修改了以后，自己也觉得颇形满意，虽然费了不少的事。在最近几天内，我想无论如何把它抄了出来。

五日

今天又犯了老毛病，眼对着书，但是却看不进去，原因我自己明白：因为近几天来又觉到没有功课压脑袋了。我看哪一天能把这毛病改掉了呢？我祈祷上帝。

零零碎碎地看了点 Hölderlin，读来也不起劲，过午终于又到体育馆去看赛球。

最近老想作文章，想作的题目非常多。但是自己一想到作文章，先总踌躇，于是便不敢下笔。我作文章真地就这样困难吗？今天长之告我，不要想它困难，自然就不困难了。我想他这话大概是对的，最少也有几分对，我要试试看。

六日

早晨读 Hölderlin。

过午仍然读。

今天一天老想到要作文章，无论在班上，在寝室里，在图书馆里都费在沉思上，怎样去开头，怎样接下去，而且想作的题目非常多。但是终于一篇也没写。晚上在图书馆里写了一篇名叫《枸杞树》的开头。我以前作文章仿佛有股气助着，本来直接可以说出来的，偏不直接去说，往往在想到怎样写之后，费极大的劲，才能写出来。我并不是否认这样写不好，正相反，我相当地承认这是好的，但是总（自己）感觉到不自然。所以我要试着去写，一气写完，随了我的心怎样想，便怎样去写。我读周作人的文章，我的印象是，自然，仿佛提笔就来似的，我觉到好，但是叫我那样写，我却不。真地，有许多文章我觉得好，我却不那样写，这是什么原因呢？恐怕只有天知道罢。

七日

早晨糊里糊涂上了两堂课。心里想着许多别的杂事，过午作 Goethe: On Nature［《歌德：论自然》］。晚上抄起来，仍然间间断断地作《枸杞树》，晚上一直作到熄灯，连日记都没能记，是八日午补记的。

这篇《枸杞树》，我觉得是，应该是，一篇很有诗意的文章，但我写起来，自己再看，总使自己都失望，诗意压根儿不知跑到什么地方去了。

八日

今天下雪,其实雪是从昨天晚上就开始下了。真奇怪,北京今年为什么这样不冷,已经到了十二月,而天气仍温和如初春。雪下在地上,随着就化了。

过午终于把《枸杞树》写完了,我并没再看一遍。对这篇文章,我有着矛盾的心情,一方面我觉得还不坏,另一方面,因为写来太容易,我对它总不敢很相〈信〉,想给长之看,我求他指示迷津,问他这样写下去是不是行?他说这篇还不坏,这样写下去就行。

九日

半夜里听得风声震窗。自念预定今日进城,天公何不作美。起来后,风还不怎么样。

于是进城,先访静轩,从静轩处走到东安市场买了一本 Grierson 的 *Metaphysical Lyrics & Poems* [格里尔森的《17世纪玄学派抒情诗和诗歌》]。此书以前想买新书,而没买到,现在竟买到,高兴之极。

到朝阳访鸿高,我知道他是常不在家的,然而竟找到了,大谈一阵。到北大访曦晨,未遇,访虎文,遇于途,亦云幸极。访印其,他已决定住盐务,我不赞成。四点半回校。

晚上高中校友会开成立大会,开了一晚上,我被选为文书。

十日

今天北大同清华球类锦标赛。早晨九时开始,我是无球不看,八时多就在体育馆恭候矣。结果清华三路大胜。尤以女子篮球最精彩。

午后心懒神疲,《赵子曰》也不愿意看,蒙头大睡。睡后已四点,到图书馆作《地狱》,是想插入《心痛》里面的。晚上仍作,作完了。

这几天来,仍然时常想到母亲。我脑筋〈里〉盘桓着一个大的幼稚的"？"：我同母亲八年没见面,她就会死了吗？我的心真痛。

十一日

早晨在图书馆作 Langfeld: *Aesthetic Attitude* 的 summary,极形讨厌,不甚好懂,所以作来很慢。过午仍然作。晚上也作。

写日记本来是愉快的工作,但是有时却也令人觉得讨厌。当我初次换一个新日记本的时候,写来颇加踌躇,而且也比较好。现在又有点老病复犯,安不下心,写来仓卒潦草。

十二日

早晨读了一首 Hölderlin 的诗。

过午读 *Gulliver's Travels*〔《格列佛游记》〕,只读了三十几页。这样读下去,一年也读不完。

这几天来,老想把《忆》写起来,老在脑子里盘桓,但是却捉不着具体的意见。我想试一试,预先不想,临时捉来便写,不知怎样？

十三日

早晨作 *Gulliver's Travels* 的 Summary，读 Hölderlin 的诗。

最近写日记老觉得没有什么可写，刻板似的日常生活实在写来没有意思，然而除掉这个又有什么可写呢？在每天，写过了刻板生活以后，总想两件可以发表思想的事加上，意在使篇幅增加。就是今天这一段废话，也是目的在使篇幅增加。

十四日

早晨忙着上班，过午看 *Gulliver's Travels*。

没觉得怎么样，又快过年了。时间过得快，是"古已有之"的事，用不着慨叹，但是却非慨叹不行。这慨叹有点直觉的成分，但是随了这而来的，是许多拉不断扯不断的联想。我想到济南的家，想到故乡里在坟墓躺着的母亲——母亲坟上也该有雾了罢？想到母亲死了已经快三个月了，想到许多许多，但是主要的却还有无所谓的怅惘。在某一种时候，人们似乎就该有点怅惘似的。

天气也怪，阴沉沉，远处看着有雾，极冷，但似乎濛濛地下着却是雨，不是雪。晚来似乎有下雪的意思，但当我从图书馆在昏黄灯光〈中〉走回宿舍的时候，雨已经比以前大了，仍是濛濛地。

十五日

一天没课，早晨在图书馆作 *Gulliver's Travels*。过午看了 *Loci Critici*，坐了三点才看了二十多页，真悲观。

晚上本来预备写篇文章，叫《黄昏》，不过思想不集中，没敢动笔。又想写老舍《猫城记》的 book review［书评］，也没动笔。只看了几页 *Loci Critici*，又冒着风到校外去买水果，大吃一顿。

十六日

早晨仍然看 *Loci Critici*。

过午看清华对燕大球赛，本想全胜，但结果却几乎全败。

想写的文章很多，不但"很"多，而且"太"多，结果一篇也写不出来。《黄昏》想了一个头，没能写下去。

我老想我能在一年内出一本小品文集，自己印，仿《三秋草》的办法，纸也用同样的。我最近也老想到，自己非出名不行，我想专致力写小品文。因为，我觉得我这方面还有点才能（不说天才）。

十七日

想着写《黄昏》。昨晚梦影迷离，想着的只是《黄昏》。今天早晨，迷离间，在似醒不醒的时候，想着的仍是《黄昏》。但究竟也没想出什么新意思，所以仍未动笔。

只读了点 *Loci Critici*，我觉得以前所谓大批评家却未免都令人觉到太浮浅。

晚上读 *Gulliver's Travels*。

十八日

脑袋里乱七八糟地满是作文的题目，但是却一篇也写不出——

今天只想作一篇《自咒》。

早晨读 Gulliver's Travels，颇幽默。

过午仍读。打球乏甚。

晚上在图书馆里呆坐一小时又半，回屋读副刊，副刊愈不成样子了。连中文也写不通，就想译诗。

十九日

早晨作 Gulliver's Travels 的 reading report。

又是满脑袋都装满了作文的题目和幻想，《黄昏》的影子老在我脑子里徘徊，但是终于没有很好的意念。我想，明后天在黄昏的时候，一个人出去散一回步，仔细领略一下黄昏的滋味，得点好的、妙的新意念。

晚上在朱光潜堂上又想到几个想写的文章——《灰的一段》，描写我对年华逝去的感觉。

二十日

无聊的工作，无聊的人，怎样这样使人感到无聊，早晨在图书馆忙了一早晨，无聊地，作 Philology 的 reading report，说是作，有点不妥，不如说抄。

无聊地抄。

晚上终于抄完了，不由自己长叹一口气。

老想把《心痛》抄出来，但是，说也奇怪，我总〈觉得〉它太好了，不忍抄，其实抄了又有什么坏处呢？好不能仍然好吗？但是我却觉得不，理由我自己也不知道。

二十一日

今天把早就想写的《自咒》写完了，但是自己极不满意，心里仿佛塞着什么东西似的不痛快。同长之长谈，他劝〈我〉就这样写下去。

又同施君长谈，他对我写的这种诗般的散文颇不赞成，这使我惊奇，然而同时也使我回省，我以前并没想到会有人反对这种体裁。

晚上想抄《心痛》，又没抄，只把《哭母亲》抄了一点。

二十二日

终于开始抄《心痛》了，写文章真不是易事，我现在才知道。即如这一篇吧，当初写着的时候，自己极满意。后来锁在抽屉里，也颇满意。现在抄起来，却又不满意。我所牺牲的精力是这样多，现在却落了个不满意。你想，我是怎样难过呢？但是，我还有点希望，就是看别人的意见怎样。

抄了一天，没完。

晚上在抄的时候，又想到母亲，不禁大哭。我真想自杀，我觉的我太对不住母亲了。我自己也奇怪八年不见母亲，难道就不想母亲么？现在母亲走了，含着一个永远不能弥补的恨。我这生者却苦了，我这个恨又有谁知道呢？

二十三日

今天终于把《心痛》抄完了——这篇文章曾给我大的欣慰，同时又给我大的痛苦。作的时候，我喜欢它，抄的时候，我讨厌它。但是无论如何我又颇重视它，我希望它成为一篇杰作，但我又怀疑。我真痛苦。为文章而受这样的痛苦，还是第一次。

我给长之看，我对他要求的是极端的批评。

二十四日

早晨我在被窝里，长之看完了《心痛》来找我谈了，他说形式松而内容挤，还有许多别的意见，我都颇赞同，但是我自检查自己，在心的深处仿佛藏着一个希望，就是希望他说这篇文章好。

过午又想写文章，只写了两个开头，写不下去了。

晚上又想到母亲，又大哭失声，我真不了解，上天何以单给我这样的命运呢？我想到自杀。

二十五日

今天是洋人的圣诞节，对我似乎如浮云。

只是作着无聊的 reading report。我自己有个毛病，就是，越讨厌，越无聊的事，我总先去作。我自己觉〈得〉，把那些讨厌的事情作完，就可以自己随便作点喜欢作的事情，心里也没那样一块石头坠着。我之所以拼命作 reading report，就是想早一天把这些无聊的债打发清楚。

二十六日

早晨仍然作那些无聊的 report。

过午开头写《忆母亲》。颇喜欢这篇，不知写出的结果如何？

看了沈从文给长之的信，长之把我的《枸杞树》寄给沈，他信上说接到了。我仿佛有一个预感，觉得这篇文章不会登，不知什么原因，心里颇痛苦。

二十七日

今天《枸杞树》居然登了出来，不但没有不登，而且还登得极快，这真是想不到的事。而且居然还有几个人说这篇写得不坏，这更是想不到的事——我真有点飘飘然了。

今天早上非常懊丧。我自己想：倘若这篇文章不登（其实是不关紧要的事），我大概以后写文章也不会起劲，也许干脆就不再写。前几天，长之告诉我，沈从文很想认识我，我怎好去见他呢？

——居然登了出来，万事皆了。今天大雪。

二十八日

外面雪不下了，早晨天还没亮，雪光照得屋里发着淡白光。

一天都仿佛有雾似的，朦胧一片白色，远处的树只看见叶子，近处的树枝上都挂着一线线的雪。吴宓说："今天应该作诗。"真是好的诗料。但是外面虽然是有诗意的美景，但关在屋里作的却是极不诗意的工作——作 reading report。

二十九日

今天没课，仍然作 reading report。

为什么老作 reading report 呢？很简单，因为我觉得它们讨厌、无聊。我常常有一个毛病：愈是坏的东西我愈先吃，留着好的以后〈吃〉；愈是讨厌的工作，我愈先作，留着个人喜欢作的以后作。

三十日

早晨没作什么，因为讨厌的 reading report 已经作完了。

过午杨丙辰先生来讲演，张露薇亦同来。请他们在合作社坐了会，又去到生物馆去讲演，我真想不到还有四五十人去听，在这星期六，又是年假前的星期六，题目是关于 Literaturwissenschaft〔文学研究〕的，名叫《文学与文艺学——文艺——创作与天才》，很满意。

晚饭前，之琳忽然来了，喜甚。晚上陪他谈话，又到体育馆去看足球队与越野赛跑队化装女子篮球比赛。

三十一日

早晨同之琳、长之在林庚处谈了一早晨话，林庚病了。

过午之琳走了。回屋竟然大睡，把篮球足球赛都睡忘了，起来后就到体育馆去聚餐。同餐者约千余人，经过了训词国歌等仪式才能大吃，真不耐烦它。出体育馆就到大礼堂去听学生会主办的游艺大会，演者为中华戏曲专科学校。满是小孩，极有意思。一直演到夜里三点。

1934 年

一月

一日

早晨十点才起。我知道这是过年了,论理似乎应该有感想之类的东西,但却没有,我并没能觉到这是过年,也没觉到我已经长了一岁了——这一切都是旧历年时的感觉,有点太怪,难道我脑袋里还是装满了封建势力吗?

到图书馆去看报,却有年的滋味——冷清清。

前天听说《大公报》致函吴宓,说下年停办《文学副刊》,还真岂有此理。虽然我是"文副"一份子,但我始终认为"文副"不成东西。到现在,话又说回来,虽然我认为"文副"不成东西,大公报馆也不应这样办。这真是商人。

一天忙着作李后主年谱和传略,对付吴宓也。

二日

早晨看 Loci Critici。

午饭后,同长之到西柳村去访吴组缃,他太太来了,谈了半天。在长之屋打扑克。

晚上想作《忆母亲》,又想作《黄昏》,结果没作成,只是想,想,想——头都想痛了。

三日

我自己觉着:今天似乎是没白活了。早晨在图书馆写《黄昏》,过午仍然接着写,大体总算完了。这个题目在我脑筋里盘旋了许久了,我老想写,总写不出来,今天一拿笔,仿佛电光似的一掣,脑筋里豁然开朗,动手写了起来,居然写成了。自己颇满意,不知将来抄的时候又作如何感了?

看施蛰存的《善女人行品》,除了文章的技巧还有点可取外,内容方面空虚得可怕。

四日

头午忙忙乱乱地上课。

从上星期六就听说(今天星期四)《大公·文副》被 cut 了。今晨吴宓上堂,果然大发牢骚。说大,其实并没多大,只不过发了一点而已。

晚上去找他,意思是想安慰他一下,并且把作成的李后主年谱带给他。

五日

看 Norwood 的 *Greek Tragedy*〔诺武德的《希腊悲剧》〕,意在看 summary。连看加抄,早晨干了一早晨。

吃了午饭,忽然看到窗外。早就想写一篇《窗外》,一直没动笔,今天忽然似乎灵感来了,于是写。脑筋里计划得非常好,但写出来却不成东西。

晚上抄《黄昏》。

六日

今天文学季刊社请客,我本来不想去,长之劝我去,终于去了。同车者有林庚、俞平伯、吴组缃。

下车后,因为时间早,先到前门、劝业场一带走溜,十二点到撷英番菜馆。

群英济济,三山五岳的英雄好汉群居一堂,约百余人。北平文艺界知名之士差不多全到了,有的像理发匠,有的像流氓,有的像政客,有的像罪囚,有的东招西呼认识人,有的仰面朝天一个也不理,三三两两一小组,热烈地谈着话。

到会的我知道的有巴金、沈从文、郑振铎、靳以、沈樱、俞平伯、杨丙辰、梁宗岱、刘半农、徐玉诺、徐霞村、蹇先艾、孙伏园、瞿菊农、朱自清、容庚、刘廷芳、朱光潜、郭绍虞、台静农等。

两点散会，每人《文学季刊》一册。访露薇不遇。在市场遇长之，又再访之，直追至王姓家中，才找到他——四点半回校。

颇乏，脑海里老是晃动着这个会影子，那一个个的怪物都浮现出来。

七日

看《文学批评》，看了一天。

这几天又忽然穷起来。昨天进城的时候，只剩了一元六角钱，汽车洋车费用去了一元。我本不想进城，但终于去了，结果，带了仅余的六角钱回来。

我现在真急需用钱，稿纸要买，墨水要买。说起稿纸，更可怜。《黄昏》只抄了一页，就因为没了稿纸抄不下去。

写给家里要钱的信，只不见复。

好不急煞人也。

八日

早晨把《文学批评》看完了。回屋来看信，结果没有，不禁失望。

过午从图书馆赶回来看信，仍然没有。

我希望家里会有钱寄来，只是寄不了来。

想抄《黄昏》也无从抄起，心里颇烦闷。

九日

今天钱仍然没寄来。我真不行,为了这点小问题,竟有点糊涂,将来还能作什么呢?

预备文学批评,今年虽然只考三样,但考试总是个讨厌的事,预备起来,心里极不痛快。终于借了钱,买了一本稿纸,抄了半页《黄昏》。

十日

今天开始学期考试,我没有什么考。

一天都在同文学批评对命,结果是一塌糊涂,莫名其妙。

在事前,我知道这次考试不成问题,然而到现在临起阵来却还有点惊惶。我自嘲道:"自小学到大学,今大学又将毕业,身经何虑大小数百阵,现在惊惶起来,岂不可笑吗?"

十一日

说惊惶,还真〈有〉点惊惶。早晨七时前就起来了,外面还没亮。

考古代文学,大抄一阵。

考文学批评,颇坐蜡,但也对付上了。

考完了,又觉得没事干,到书库查书。

晚上,到图书馆抄《黄昏》,只抄一页多。

今天家里仍然没寄钱来,颇急,但因而多少也多了个希望,希望能在桌上发见挂号信条,一天也仿佛更有意义似的。

十二日

今天颇痛快——家里的钱寄到了，《黄昏》也抄完了。抄完了一看，自己还颇满意，想把它寄出去，试试它的命运，同时，也就是试试我的命运。

一天没有什么事干，看小说。徐志摩的《轮盘》，太浓艳。郁达夫的《自选集》，简直不成话，内容没内容，文章不成文章。

忽然又想到将来——我同长之谈：我决意努力作一个小品文家。关于研究方面，也想研究外国的小品文，和中国小品文的历史，他极赞成。

十三日

虽然还有一样没考，但总觉得不成问题，好像已经没了事可作一样——但也就得到更大的无聊和淡漠，一天东晃西晃，不能坐下读书。

果然把《黄昏》寄出去了，寄给《文艺月刊》，不知命运如何，看来是凶多吉少吧。

十四日

这日子过得真无聊，明天要考 Philology。说预备，实在用不着，因为太容易了。说不预备，又实在放心不下——就在这预备与不预备之间，呆坐在图书馆里。

早晨呆坐在那里。

过午仍然。

晚上仍然——真无聊。

朱企霞来。

十五日

今天早上又在图书馆里呆坐着。

终于到了考的时间，而且终于考完了，下来了。仿佛去掉一块心病。

过午打手球。晚上去听 Balalaika① 的演奏，这是一种俄国乐器，三角形，演奏者是 Bolshekoff Dinroff②，还不坏，不过大部听不懂。我觉得 *Volga Boatman*〔《伏尔加河上的船夫》〕顶有意思。

今天《世界日报》上有人骂我《夜会》的批评。又听长之说，转听巴金说，蓬子看见那篇文章，非常不高兴——听了之后，心里颇不痛快。

十六日

昨晚在长之屋同林庚谈话，至夜一时始返屋，觉得头非常痛，而且流鼻涕——躺下后，头更痛了，发热又发烧，一夜翻来覆去睡不着，嘴里要喷火。迷乱的梦绕住了枕头，简直不知梦到那里去（现在想来，大概还是梦到《文学季刊》多）。

有时自己清醒一点，简直觉得这就要死了。

早晨迷迷糊糊地，起不来，头仍然痛，嘴里烧成了红色，牙上

---

① Balalaika：巴拉莱卡，俄罗斯民间拨弦乐器。
② Bolshekoff Dinroff：生平不详。

粘满了红色的块粒。

一直睡到下午两点，只吃了一点东西。

晚上仍然睡。

十七日

今天好点了，早晨到图书馆里去，预备看书，但看不下去。

一天就这样糊里糊涂地过去。

又预备写一篇文章，叫《年》。

十八日

总觉得浑身没有力，走起路来，也仿佛鬼影似的，这恹恹的残息，怎么了？

很吃力的书不能而且也不愿意看。对于写文章本来就有点蹙眉，现在更仿佛找到充足的理由似的，一提笔，就先自己想："身子不好，停几天再写罢。"

想作朱光潜的 paper，决意作李后主。

晚上同长之访老叶，明明在家里，却说出去了，不知什么原因。真正岂有此理。

十九日

妈的，真讨厌，大风呼呼地直刮了一天。比以前都大，弄得满屋是黄土。因为伤风，鼻子不透气，只好用嘴呼吸，这一来却正巧，净吸黄土。

长之过午进城，明天回济。

身体方面不舒适，心里方面也不好——我觉到寂寞，没有事作，只好睡觉，但是睡醒后，身体方面却更不舒服。

二十日

今天风住了，说住，其实也没全住，只比较小点罢了。同样的毛病在作祟——寂寞。到图书馆看书，看不下去，杂志都给我看净了，找人谈话也没有。

又是睡觉，起来又是身体不舒服。这样下去，恐怕又要生病了。明天决意进城。

二十一日

说决意进城，然而又没进，原因是又刮风。

实在无聊极了，把李后主作了点，也不起劲。

过午在张明哲屋打扑克，消磨了一下午。无论如何时间消磨了，总是痛快事情。

晚上想作《年》，但想来想去，想不出。不知那里来的灵机一动——我这几天不是觉到无聊和寂寞么？于是真写起来，但也只写了个头。

二十二日

一起来，就写《寂寞》。像鸡下蛋似的在屋里写了一早晨，写得不甚痛快，恐怕不好，但我自己却不能说什么话，我只直觉地觉得它不好而已。

过午，终于写完了。一想到自己又写了篇文章，心里也自然地浮起一点欣慰，但再一转念，想到这是一篇怎样坏的文章，心里不禁又难过起来了。

晚上又开头作《年》。这篇恐怕是篇很美丽的散文，我自己这样觉得。但又有许多话不知怎样安排，且待说出了，再说好坏吧。

二十三日

几天来好想进城，但终于自己想出了种种口实，没能进得成，其实唯一原因就是恐怕在城里找不到人。今天过午决定进城了，拿起了帽子，走，碰着吕宝，走到大门口，看着汽车来了，我却又转了回来——打了一过午手球。

也好，晚上作《年》，有几段自己真满意。

二十四日

今天仍然继续作《年》，好歹作完了。作着的时候，自己挺满意的。但作完了一看，又觉得，虽然意思不坏，但都没安排好，而且前后不连贯——这又教我没办法了。不管它，反正说还不坏。

因为有工作，所以无聊寂寞也减轻了点，但也不是完全驱除净尽，有时仍不免愣愣地对着桌子发上那么半天神。

二十五日

今天终于决心进城了。九点钟赶汽车,去晚了,十一点才赶上。

下车后,就到北大访曦晨,他正在考中,好容易碰着他,只谈了几句,就到西斋去访虎文,也遇着了,真不容易。上次给他信,没收到复信,我以为他走了呢。折回了市场,因了无聊,就〈到〉真光去看电影,因为逃避无聊才到城里来,能情愿再碰上无聊吗?——片子是《兴登堡血战记》,说的是德文,不甚好。

七点回校。

二十六日

又开始无聊了。早晨东晃西晃,过午仍然东晃西晃。

分数差不多全出来了,真使我生气,有几门我简直想不到我能得那样坏的分数。这些教授,真是混蛋,随意乱来。

因为分数的关系,又想到将来能否入研究院,山东教〈育〉厅津贴能否得到——心里极不痛快。

二十七日

一天差不多又没作什么事,书只是念不下去。

过午看同英兵赛足球,无论怎样,一过午的时间总算消磨过了。

晚上也没念什么书。

想到毕业论文就头痛。Hölderlin 的诗,我真喜欢,但大部分都看不懂,将来如何下笔作文。

二十八日

早晨听马玉铭说，文艺心理学的论文，他已经交去了。我慌了，于是回屋赶作，因为以前已经作了很多，所以一头午就结束了。虽然作得不痛快，但时间在不知不觉之中消磨过去，也算痛快。

过午企霞来，听他说之琳、曦晨已经先他而来，为什么我没见到呢？等到六点，不见，乃往林庚处去找，途遇林，又在合作社遇之琳、曦晨。晚上到林庚处。闲扯。

二十九日

早晨因企霞起得很早，我也只好起来，同曦晨三人到气象台上一望：四处浮动着一片片的白雾，似透明，又不透明，枯了的树枝仿佛芦苇似的插在里面，简直像一片大湖——这种景象我还是第一次看到。

因为夜里没睡好，过午大睡。

抄《年》这篇文章，我还满意。

三十日

早晨仍然抄。

过午看清华对交通大学足球赛，从昨天以来我总觉得这仿佛是一件大事似的。交通在上海颇有点名，但实在说踢得并不怎样好。万象华还不错。

接到叔父的信，说一叔到济，以前母亲丧事所欠的账，都筹好了款。然而又出了麻烦，新买了十二亩地同大嫂子对换坟地，用钱四百元。值此山穷水尽之时,又如何筹这些款呢?只筹了一百元,叔父说,心里很焦急。我看了,心里更焦急。一方面又想到毕业问题,心里不知是什么味,我已决意不向家里要钱,凭自己这一笔写出下学期的费用。

三十一日

早晨把《年》抄完了。

过午又去打手球,乏极。

的确有许多事情等我作,譬如论文,就是其一。但终日总仿佛游魂似的,东晃西晃,踏不下心读书。虽然已不像前两天那样感到无聊,但一想起来,却仍然觉得无聊。

二月

一日

早晨看 Hölderlin 的诗。

天从昨天晚上就在下雪,到现在没停,下得虽然时间长,但不甚大,不像上次那样痛快。

同施君、左君踏雪到海甸去玩,颇形痛快。

晚上因为太乏,精神萎靡。实在这几天来,精神都不强,自念身世环境,为什么上帝要叫我摊上这许多不痛快的事?!

二日

今天长之回来了。大概我的寂寞或者可以减少点。他对我谈了许多济南的事情，自己不能家去，听别人谈家乡里的事情，大概也有"客自故乡来，应知故乡事"的情味吧。

开始作一篇散文，《兔子》。这是我幼年的一件真事。当时就想写一篇文章，没写，现在想起来了，就写下来。大有"悲哀的玩具"的神气。

三日

早晨去注册，觉得这是最后一学期的注册了，心中颇有空漠的感觉，像悲哀，又不像。

仍然写《兔子》，不很满意，然而又满意，莫知其如何，大概写来总不很顺利。写《年》的时候，虽然不是一气写下来，但是写每段的时候，inspiration总都像泉涌似的，很充足。让郁达夫说来，也许是"通篇无一败笔"吧，《兔子》则不然。

从图书馆回屋时，邂逅朱光潜，在他屋小坐片刻，晚上又同施君去找他，谈颇久。

终于把《年》寄给《现代》了，大概我想总应该登，其实登不登也没关系。

四日

开始抄《兔子》，总抄不下去。

这几天来都不能作什么正经事，难道一要毕业就觉到自己的老了吗？

晚上同林庚去找叶公超。我对他的印象不很好，所以我一直不愿意去找他。最近听长之说，他一点也不乖戾，我于是又想去找他谈谈了。一直谈到十一点，谈到中国文坛上的人物，谈到他要办一个刊物，意思之间，还有约我帮忙的意思。我对他讲我最近很喜欢 essay［散文］。他给了我很多的指示，并且笑着说："现在中国文坛上缺少写 essay 的人，你很可以努力了。"他对我第一年的事情都记得很清楚——这一夕谈改变了我对他的印象。我走出他的门来的时候，心里充满欢欣与勇气。

五日

仍然间断地抄着《兔子》。

一天都在苦闷中。以前，我也曾想到，我这样写下去，会不会把材料写净了？当时觉得不会写净的。今天对《兔子》太不满意，这样好的材料都写不好，还能找到多少这样的材料呢？于是因为对这篇不满意，又想再作一篇好的，想了又想，想作《忆母亲》，想作……脑袋里乱七八糟，得不到出路，只在苦闷中。

然而，前面分明又有亮，这对我是个大的诱惑——我莫知所云了。

六日

早晨看打冰球的。

仍然不能安下心作什么用力的事，这样下去，将来还有什么希望吗?

看 Hölderlin 的诗,一行也不了解,但也就看了下去,仿佛是淡淡的影子飘在面前,又仿佛什么也没有,但一旦意识到了的时候却的确在看书。

还有,我每次(只是这几天来)一坐下看 Hölderlin,脑子就纷纷起来,回旋着想,想的总不外是要作一篇什么 essay,什么题目,怎样作,往往对着书想几个钟头,多半没结果,时间也就这样过去了。

今天又是在这样情形之下,想到一个题目《回忆》,于是立时拿起笔来 sketch〔打草稿〕,文思涌汹,颇不坏,什么时候写成,却就不得而知了。

七日

今天开学。

寒假过得太快,但在寒假中却的确无聊,现在上课了,又不愿意上课——最近老不能振作,终日像游魂似的。

过午只上了一课。

看《儒林外史》,觉得写的的确不坏,充满了 irony〔反讽〕,几百年前能写这样文章,真不容易。

八日

看《陶庵梦忆》,有几篇写得真好。

我现在对小品文的兴趣极大,明末这两派——公安、竟陵的文章是不能不看的,我还有个野心,想作中国小品文史。

过午又开始干所谓正经功课——看 *Cats*。

吴宓把中西诗文比较 paper 发还,居然给我 I[①],真浑天下之大蛋!我的 paper 实在值 I,但有比我还坏的,也竟然拿 E 拿 S。一晚上心里不痛快,我觉得是个侮辱。

九日

一天颇苦闷,想找一个题目,作一篇文章,作为中西诗之比较的论文,但找不到。

最近所作的文章,过于细微,在乱嚷的声中想不出这样细微 ideas[构思]。今天过午,自己到气象台下向隅一坐,静得很,远望路上的行人,恍如隔世,沉思又沉思,也想出了点好的 ideas。

老不能沉下心念书,最近才觉到,不但没入了学问的门,连看还没看到呢。

十日

又决意作词的起源。鼓着勇气,到了书库里,一查书,简直莫名其礼拜堂,勇气又没了。

过午看足球。

晚上又想起一个题目——其实也并没有题目,只能说范围,这

[①] 表明成绩较差。20 世纪二三十年代清华大学学生成绩评定分为五级,E(Excellent),优秀;S(superior),良好;N(Normal),合格;I(Inferior),较差;F(Failure),最差。

范围是：西洋的 nature poets［自然诗人］大半都有点 pantheistic［泛神论］，何以中国的 nature poets 如陶潜不〈如此〉？换了话说，就是中西诗人对 nature 态度之不同。想写《忆》，写不出来。

十一日

早晨看篮球赛。

过午，长之送我一张票，弋昆社在哈尔飞演戏，非叫我去不行。结果是去了，到场名流甚多，刘半农、郑振铎、杨丙辰、盛成、冰心、吴文藻、陶希圣、赵万里等全到。演者是韩世昌、白云生、侯益隆与马祥麟等，印象不十分太好。

七点回校。

十二日

早晨看 Addison［艾迪生］。

过午因为借书证没有相片，同图书馆人员大吵，真混蛋。又打 handball。

疲甚，晚上不能看书，本来想写文章，也因为太乏，蒙头睡去，睡时已十点，不能再写。

十三日

明天是旧历年初一，今天晚上就是除夕。

我觉得我还有一脑袋封建观念。对于过年，我始终拥护，尤其是旧历年,因为这使〈我〉回忆到童年时美丽有诗意的过年的生活。我现在正写着《回忆》,我觉得回忆是粉红色的网,从里面筛出来的东西,都带色香气。没有回忆,人便不能活下去,对年的回忆尤其美丽。

晚上同长之、明哲一同吃年饭,打纸麻将,一直到十二点。

十四日

今天学校里照常上课,我却自动刷了。又同左、王、蔡打麻将。晚上又打,一直到一点。但在百忙中,我却〈把〉《回忆》写完了,这是一件使我欣慰的事。

这篇小文,我还满意。我最近写文章走的路太窄了——写的东西往往抽象到不能说,写来的确费力,几乎半天写不出一字,但不抽象的东西,我却又不愿意写,究竟怎样好呢?

十五日

没上课,但也没念什么书——说没念书,其实也念了点,念的 Addisson 的 *Criticism on Milton's Paradise Lost* [《对弥尔顿〈失乐园〉的批评》]。

昨天晚上打牌,睡得太晚,今天起得颇早,所以很困。过午大睡。

又把《回忆》修改了几处。现在细想起来,我写的这一些文章中,我还是喜欢《年》。

十六日

今天《现代》把《年》退回来了，我并不太高兴——文章我总以为还是好文章，我只说编辑没眼。

拿给长之看，他总不喜欢我这种文章。我所不喜欢的，他却觉得好，我于〈是〉把经了再三的努力仍然没抄完的《兔子》拿给他看。我之所以没抄完者，因为我太讨厌这篇。他果然又说好，我一努力回来抄完了，我把《年》《枸杞树》《兔子》拿给叶公超看，并且附了一封信，明天可以送出去，我希望他能说实话。

午饭后约同施、左二君游大钟寺，乘驴去，乘驴返。寺内游人极多，我向大钟的孔内投了几个铜子，三中。乘驴颇乐，惟臀部磨擦痛甚。古人驴背寻诗，我却无此雅兴了。

十七日

一天刮大风，想大钟寺游人一定不如昨天了。

我又想把《回忆》抄出来。《回忆》也可以同《年》《心痛》《黄昏》算为一类的文章，都是写抽象观念的。我曾有一个期间想，只有这样写下去，才能达到我理想中的、美的小品文。但拿给长之看，他总不赞成。以后这样文章我仍然要写。施君说我的文章很像 V. Woolf［伍尔夫］那一派，这在以前我自己并没 conscious［意识］到。

十八日

九点进城，同长之。

先访印其,同赴同生照毕业相片,十年寒窗,熬了这一身道士似的学士服,真不易。但穿上又是怎样的滑稽呢。

访曦晨,遇萧乾及邓恭三。

同长之、印其、马玉铭同游厂甸,人山人海,非常热闹。逛了半天,也没买什么书,我老希望能看到一本《陶庵梦忆》之流的书,作梦。

在北大二院的门口遇峻岑,他告我宋还吾有请我作高中教员的意思,但不知成不成,我倒非常高兴。

十九日

今天高兴极了,是我一生顶值得记忆的一天。

过午接到叶公超的信,说,他已经看过了我的文章了,印象很好,尤其难得的是他的态度非常诚恳,他约我过午到他家去面谈。

我同长之去了,他说我可写下去,比徐转蓬一般人写得强。他喜欢《年》,因为,这写的不是小范围的 whim［怪想］,而是扩大的意识。他希望我以后写文章仍然要朴实,要写扩大的意识,一般人的感觉,不要写个人的怪癖,描写早晨、黄昏,这是无聊的——他这一说,我的茅塞的确可以说是开了。我以前实在并没有把眼光放这样大,他可以说给我指出了路,而这路又是我愿意走的。还有,我自己喜欢《年》,而得不到别人的同意,几天来,我就为这苦恼着,现在居然得到了同意者,我是怎样喜欢呢?他叫我把《年》改几个字,在《寰中》上发表。

萧乾同李安宅来访,我正〈在〉叶先生家,不遇。

二十日

今天开始作论文了——实在说,论文的本身就无聊,而我这论文尤其无聊,因为我根本没话说。

最近功课又多起来,没多大功夫自己写文章了。几天前就预备写一篇《墙》,现在还没酝酿得成熟。

今天晚上本来有文艺心理学,竟不知怎地忘了去上。

我现在总觉得,一切事情都可以不去作,但却不能不写文章。我并不以为我的文章是千古伟业,藏之名山,传之其人,只不过我觉得这比一切都有聊,都更真实而已。

二十一日

最近这几天我可以说是非常高兴,第一因为我居然在老叶身上找到一个能了解我的文章的,难得的是他的态度诚恳,又答应把《年》在他们办的杂志上发表。第二《文学季刊》下期又有我的文章,寄给《文艺月刊》的《黄昏》没退,恐怕也能发表出来,这两次使我有了写文章的勇气与自信。第三,是听峻岑说,说不定宋还吾要请我作教员,不至受家里的非难。第四是目前的,今天又领到五十元津贴。本预备今学期不向家里要钱,现在大概可以办到了。

今天尤其高兴,因为我又想到了一个文章题目《自己》,我觉得非常好,高兴极了,不知写来如何。但也有不高兴的事情,就是从前几天骑驴到大钟寺后,回来腚上就生了一个瘤子,走路时非常不方便,今天破了,到医院走了一趟。

二十二日

一天都在读 Nietzsche 的 *Thus Spoke Zarathustra*〔尼采的《查拉图斯特拉如是说》〕，这种哲学书的 summary 真难作。

昨天站在窗口向外望：柳梢上又有一层淡色的雾笼罩着了。我又知道：春来了。本来这几天来天气实在有点太好了。有这样好的天气，真有点在屋里坐不住。

我自己觉得，对人总是落落难合，而且我实在觉得人混蛋的的确太多了，即如所谓朋友也者，岂不也是中间有极大的隔膜么？

二十三日

仍然无聊地作着 summary。

想着怎样写《自己》。平常我常对自己怀疑起来，仿佛蓦地一阵失神似的。但现在想作《自己》，自己的精神永远集中到自己身上，那种蓦地一阵失神似的感觉也不复再袭到我身上来——过午，逃出了图书馆，走到气象台下条凳坐着，对"自己"沉思着，但却没有什么新的意念跑入我的头里去，只觉得太阳软软地躺在自己脸上。

二十四日

除了作 summary 外，没作什么有意义的事。

过午，虎文来，同长之在紫曛的黄昏里，在气象台左近散步，谈着话，抬头看到西山的一抹红霞。饭后，又出校去玩。月很明，西山顶上有一片火，大概是野火吧，熠耀着，微微地发红。自一下楼就看到了，沿着生物馆后的马路走向西门，随时抬头可以看到这片火。出了校门，在影绰绰的树的顶上，又看到这片火。沿着校外的大路走回来，走到宿舍门口的时候，西山顶上的火还在亮着，而且更亮了。我笑着说："这是上帝给我的启示，我的 inspiration。"

二十五日

早晨同虎文、长之出去散步，昨夜谈话一直到下三点，所以有点乏。但天气实在太好了，也不觉怎样。出校北门沿圆明园北行，折而上铁路，随行随谈，又食橘子苹果，高兴极了。

过午仍在屋里闲扯。忽然谈到要组织一中德学会，以杨丙辰先生为首领，意想取中德文化协会而代之，三个人都高兴得跳起来了。以后又热烈地顺着这个会谈下去，想怎样办，怎样征求会员，等等，三个人都高兴极了——我们自己又制造了一个梦。

晚上之琳来，在长之屋谈话，陈梦家亦来，真有诗人的风趣，有点呆板，说话像戏台上的老旦。谈到熄灯以后才散。

二十六日

没作什么有意义的事。

想写几篇骂人的文章，也只想出了题目，写来恐怕不能很坏。

我最近有个矛盾的心理，我一方面希望能再入一年研究院。入研究院我并不想念什么书，因为我觉得我的想从事的事业可以现在才开头，倘离开北平，就不容易继续下去。一方面我又希望真能回到济南作一作教员，对家庭固然好说，对看不起我的人，也还知道我能饿不死。

二十七日

几天来，天气非常温和。今天忽然下起雪来，而且很大，整整下了一天。

过午同吴组缃、长之到郑振铎家里去玩。踏着雪，雪还在纷纷地下着，非常有意思。上下古今地谈了半天，在朦胧的暮色里我又踏着雪走了回来。

今天把《年》改了，抄好了，又看了一遍，觉得还不坏，预备明天送给叶公超。

二十八日

这几天以来，人变得更懒惰了，没有而且也仿佛不能作什么有意义的事情，因为一方面有许多功课要作。这是我自己的毛病，在讨厌的功课没有打发清以前，我是不愿意作什么事情的。再一方面，自己的心情也不好。

看梁遇春译的《荡妇自传》（*Moll Flanders*）非常生硬僻涩，为什么这样同他的创作不同呢？

想《自己》——怎样去作，在以前没有想到这个题目的时候，有时对自己忽然产生一种奇妙的感觉，但现在想起来，想《自己》的正是自己，结果一无所得。

三月

一日

仍然没作什么有意义的事情。

昨天看清华对中大篮球赛，今天看女子篮球对崇慈。

想作一篇《我怎样写起文章来》，骂人。这篇写出来，恐怕我自己还能满意，但不愿意发表。因为，我想，这种题目是成名的作家写的，我写了，一定有人要笑我。

二日

昨天记日记竟然忘记了。二月只有二十八天，写了二月二十九日。

今天早晨我有个顶不高兴的事——施闵诰什么东西，随便乱翻我的稿纸。我的一九三四年的《新梦》，他竟然毫不知耻地看起来，真正岂有此理！每人都有几句不能对人说的话，他这种刺探人的阴私〈的〉劣根性竟能支使他作这样的事情！我认为是一种侮辱。

这几天来，不是作 summary，就是作 bibliography［书目］，我自己怀疑：为什么自己不能爬出这无聊的漩涡呢？

我对张露薇不能妥协，我对他的批评是：俗，clumsy［愚笨］，不 delicate［机敏］，没有 taste［品味］（你看他的外表和穿的红的衣裳），胡吹海谤，没有公德心。

三日

今天进城。

先到露薇处。同长之我们三人谈了半天关于《文学评论》（我们几个人办的）的事情。关于特别撰搞人、编辑各方面的事情都谈到了，不过唯一问题，就是出版处。我们拿不出钱来，只好等看郑振铎交涉得如何——不过，我想，我们现在还在吹着肥皂泡。不过这泡却吹得很大。我们想把它作为中德学会的鼓吹机关，有一鸣惊人的气概。但是这泡能发生什么样的变化，我们现在还不敢说。无论怎样，年轻人多吹几次肥皂泡，而且还是大的，总归是不坏的。

买鞋，取相片后，四点半回校。

在校内访杨大师不遇。

晚上回来，又作 bibliography，无聊极了。

四日

今天盼着上海《申报》，看《文艺月刊》的广告，我的《黄昏》登出了没有，但不知为什么《文艺月刊》却没登广告。

早晨又把十八世纪的 reading report 作完了一个，终日弄这些无聊的东西，真有点儿不耐烦。

这几天来，因为无聊的功课太多，心情不能舒缓下来，文章一篇也不能写。

五日

早晨钻到书库里去干 bibliography，终于交上了，又去了一条心事。

开始作论文,真是"论"无可"论"。

晚上又作了一晚上,作了一半。听别人说,毕业论文最少要作二十页。说实话,我真写不了二十页,但又不能不勉为其难,只好硬着头皮干了。

六日

这几天日记老觉得没什么可记——平板单调的功课,我不愿意往上写。真写也真无聊,又不能写什么文章。

看到沈从文给长之的信,里面谈到我评《夜会》的文章,很不满意。这使我很难过,倘若别人这样写,我一定骂他。但沈从文则不然。我赶快写给他一封长信,对我这篇文章的写成,有所辩解,我不希望我所崇敬的人对我有丝毫的误解。

七日

今天开始写《我怎样写起文章来》,觉得还满意。还没写完,写来恐怕一定很长,因为牵掣的事情太多。

最近几天看《文艺月刊》的广告,老看不到,恐怕不是改组,就是停办。我投稿的运气怎么这样坏呢?

但也有令人高兴的事:我在图书馆遇见叶公超,他说,我那篇《年》预备在第一期上登出来,这使〈我〉高兴得不〈得〉了。

八日

今天整天工夫仍然用在写《我怎样写起文章来》，不像昨天那样满意，果然真比昨天写得坏了吗？但总起来说，我对这篇是颇为满意的。

总有不痛快的事：不是这个考，就是那个 test，我们来上学就真的把自己出卖了吗？

读杨丙辰先生译的《强盗》，译笔非常坏，简直不像中文，为什么同他自己作的文章这样的不同呢？

九日

终究把《我怎样写起文章来》写完了，有五千多字，在我的文章，就算不短的了。再看一遍，觉得还不坏。

李健吾要编《华北日报》副刊，今天接到他请客的柬。

在写这篇文章的时候，我本来想骂几个人，但写到末尾，觉得通篇都很郑重，加入骂人的话，就把全篇都弄坏了。但人仍然要骂，我想另写一篇文章。

十日

今天接到沈从文的信，对我坦白诚恳的态度他很佩服。信很长，他又劝我写批评要往大处看，我很高兴。

过午看对师大足篮球赛。同蔡淳一同吃饭，散步，以前我真误解了他，我觉得他不过是个公子哥，不会有什么脑筋的。但现在谈起来，居然还有一大篇道理，我看，还够一个朋友。

十一日

早晨朦胧起来,天色阴沉,一问才知道已经快九点了——本来预备进城,仓〈猝〉去洗脸,水管又不出水,兀的不急煞人也么哥。赶到大门口,已经是最末的一辆汽车了,同行有长之、吴组缃。天在下着细雨。

先到北大访虎文,据说到良王庄去了。同峻岑谈了谈,又赶回露薇家,同长之、组缃到新陆春应李健吾请,同座有曹葆华等人,无甚意思。后同访杨丙辰先生,在杨处遇虎文,惊喜。他才天津回来,谈了半天,又得了点 inspiration,赶汽车只长之一人上去,我没能得上,又折回市场同虎文谈了谈,七点回校。

十二日

大风,房屋震动,今年最大的风了。

满屋里飞着灰土,书页上顷都盖满了。不能坐下念书,而且精神也太坏。

长之因为接到母亲的信而伤感,对我说:"你是没有母亲的人,我不愿意对你说。"——天哪!"我是没有母亲的人!"我说什么呢?我怎样说呢?

今天把《我怎样写起文章来》拿给叶公超先生看,又附上了一封信。

十三日

昨夜一夜大风,今天仍然没停,而且其势更猛。

北平真是个好地方，唯独这每年春天的大风实在令人讨厌。

没作什么有意义的事——妈的，这些混蛋教授，不但不知道自己泄气，还整天考，不是你考，就是我考，考他娘的什么东西？

十四日

仍然大风，这次大风刮得可真不小，从星期日刮起，一直到现在。

今天又考 Philology。在考前，要看一看笔记，在考后，心里总觉得有点轻松又不愿意读书——今天就在这种情形下度过了。

这几天来，晚上总想困，几乎十点前就睡。这个习惯，须要痛改。

十五日

今天风仍在刮。

这几天来，总想写点东西，但总写不出来。一方面原因固然因为自己太懒，一方面也真觉得没有什么东西可写。

看了看这几天记的日记，也总松松懈懈，没有一点爽俐活泼的味儿，真不好办。这原因我自己也清楚：每天刻板似的读几本教科书，作几件无聊的事，我不愿意记。而每天所作的有意义的事又真少到不能计算，大多数的天，一点都没有，所以每次记日记的时候，只感到空洞了。

十六日

过午同长之到燕大访萧乾,未遇——今天天气好极了,没有风,非常和暖。

在燕大看中大美兵赛球,很好。

晚上同长之访叶公超,谈了半天。他说我送给他的那篇东西他一个字也没看,这使我很难过。看题目,当然我不配写那样的文章,但我里面写的却与普通人想我应该写的大不相同,我本来给他看,是想使他更近一步了解我,但结果却更加了误会,我能不很难过吗?

十七日

心里老想着昨天晚上叶公超对我的态度——妈的,只要老子写出好文章来,怕什么鸟?

今天又刮风。

过午想作《自己》,但苦思了一过午,结果只使脑袋发了痛,什么也没思出来。

我已经决定:叶某真太不通,我以后不理他的了,真真岂有此理,简直出人意料之外。

十八日

一天在想着《自己》,然而想不出什么头绪。

午饭后同施、左二君到郊外去散步——天气实在太好了,真不能在屋里读书。回来时,仍然想着《自己》,作文的题目是《自己》,然而在想去怎样作这个题目又是自己,所以想来想去,越想越糊涂，结果一个字也写不出来。从写文章以来，恐怕还以这篇给我的痛苦最大，能写成不还是个问题。

晚上听长之说——《文艺月刊》把我的《黄昏》登出来了，听了很高兴，编者不都是瞎子。

十九日

一天又可以说是糊里糊涂地度过来。

《自己》仍然写不成——写文章这样慢，而且总觉得没有什么东西可写，想起来真是不寒而栗。

接到《文艺月刊》的稿费通知单——七元。

昨天晚上，因为想写《自己》熬了半夜，但也没写成。在白天里，我总觉得太乱嚷，但在夜里，又感到沉默的压迫。

二十日

这几天，自己又有这个感觉：自己像影子似的活着。

春假预备到杭州去旅行。先是因为人数不够，几乎组织不成，今天终于组织成了。

晚上朱光潜讲"笑与喜剧"，所引的许多大哲学家的关于笑的理论，我没一个赞成的。我觉得都不免牵强附会，不同处就只在荒谬的程度的不同。我以前总以为哲学家多么艰深，其实不然。我自己有一个很滑稽的念头：我未必就不能成一个大哲学家。

二十一日

今天又没作多少事。

Steinen 要毕业论文，又须赶作交上，这种应制式的论文实在没有什么价值。我们大半对自己所选的题目没有什么话说。

文章写不起来，总觉耿耿，心里总仿佛有块似的坠着。

二十二日

文章虽然仍然没写起来，但却有一件事使我高兴了——我以前总以为可用作写文章的材料实在太少，我现在才写了不到十篇文章，就觉得没什么可写了，将来岂不很悲观么？但今天却想到许多题目，而且自己都相当的满意，像"花的窗""老人""将来"等。

我自己心胸总不免太偏狭，对一切人都看不上眼，都不能妥协，然而说起来，又实在没有什么原因，倘若对自己表示一点好感，自己就仿佛受宠若惊，这岂不是太没出息了吗？这恐怕是母亲的影响，我父亲是个豁达大度的人。

二十三日

今天忙着作 reading report，真无聊。这种东西实在不值一作，虽然不费劲，但却极讨厌。

过午打球，看赛排球。

"老人"的影子老在我脑筋里转，这"老人"应该改作"老妇人"，因为实在是一个老妇人，但我讨厌这三个字，不知为什么。

非写好文章不行。一切东西都是无意义的，只有写文章有意义。

二十四日

九点进城。

先访静轩,略谈即赴西交民巷中国银行取稿费,到市场买了一本《文艺月刊》。

到朝阳访鸿高,他还没回来,只见到森堂和叔训。

又回到西城静轩处,谈了谈——四点半回校。

今天天色阴沉而且也很冷,我穿的太少,颇觉不适。

晚上把十九世纪的 reading report 作完了。

二十五日

这几天心里很不高兴——《文学季刊》再版竟然把我的稿子抽了去。不错,我的确不满意这一篇,而且看了这篇也很难过,但不经自己的许可,别人总不能乱抽的。难过的还不只因为这个,里面还有长之的关系。像巴金等看不起我们,当在意料中,但我们又何曾看〈得〉起他们呢?

今天开始抄毕业论文,作倒不怎样讨厌,抄比作还厌。

又是因为稿子的问题,我想到——人与人之间为什么有这样多的无聊的误会呢?但同时也自己鼓励着自己,非写几篇像样的东西出来不行。

二十六日

今天抄了一天毕业论文,手痛。

因为抽稿子的事情,心里极不痛快。今天又听到长之说到几个人又都现了原形,巴金之愚妄浅薄,真令人想都想不到。我现在自己都奇怪,因为自己一篇小文章,竟惹了这些纠纷,惹得许多人都原形毕露,未免大煞风景,但因而也看出究竟。杨丙辰先生有大师风度,与他毕竟不同。

二十七日

论文终于抄完了。东凑西凑,七抄八抄,这就算是毕业论文。论文虽然当之有愧,毕业却真地毕业了。

晚上访朱光潜闲谈。朱光潜真是十八成好人,非常 frank。

这几天净忙着作了些不成器的工作。我想在春假前把该交的东西都作完,旅行回来开始写自己想写的文章。

二十八日

作 Philology 的 reading report。

昨天晚上我对朱光潜说我要作一篇关于 Charles Lamb 的论文,我想 Lamb 实在值得研究一下。

明天放假。晚上同长之谈到神鬼的问题,结果,我们都不能否认没鬼,顿觉四周鬼气沉沉。

看《西游记》,觉得文章实在写得不好,比《红楼梦》差远矣。

二十九日

早晨到燕大去看运动会,清华、燕京、汇文三校对抗。

过午又同露薇去，五点才回校。

身体非常乏。同露薇、长之又谈到出版一个杂志的事情。我现在更觉到自己有办一个刊物的必要。我的确觉得近来太受人侮辱了，非出气不行。

三十日

杨丙辰先生介绍替中德文化协会翻译一篇文章，"Roman Philology"〔罗曼语族语言学〕。今天看了一天。翻译的本身并没有什么意义，只不过借此可以多读点德文，同时也能提起我对德文的兴趣。

晚上开始写一篇散文《老妇人》，这篇自己非常满意，但不知写出来怎样。我想，总不会很坏的，虽然不能像想得那样好。

三十一日

今天又是大风。

一天都在写着《老妇人》，仍然很满意。我觉得写文章就是动笔难，总是不想动笔，迁延又迁延，但一动笔，虽然自己想停住也不可能。这时你可以忘记了外面的大风、图书馆里的喧哗写下去。

晚上开高中校友会，一群俗物，不能与谈。

十时才回来，舒一口气，坐下再写文章。

长之说："我们想出的《文学评论》，大学出版社已经答应出版了，是月刊，杨丙辰先生也被说服，而且非常热心。"我听了很高兴。

四月

一日　星期一

天气好得古怪，并没觉到春来了，一抬头，却看到桃花已经含苞。

把《老妇人》写完，颇为（不如改为极为）满意，还没再看第二遍。仿照现在说来，恐怕是我文章中顶满意的一篇了。

今天是西洋的万愚节，早晨有人贴出条去，说过午有女子排球赛，届时赶往体育馆者甚多，我也几乎受了骗。看到他们这些fools〔愚人〕从体育馆内失望地挤出来，颇觉可笑。

二日

今天天气又阴沉而且冷。

《文学季刊》第二期把我的《兔子》登出来了。晚上同长之到周刊社又听李洪谟说，他在大学出版社见到我的一篇文章在排印，我想，大概是《年》在《学文》第一期上发表——很高兴。

大千来，谈了半天。他爱书之癖，不减往昔。

三日

刚一晴天，接着就来了风。北平的春天实在太不像春天了。

把《老妇人》看了一遍，仍然觉得很满意。

到杭州旅行，预备今星期六动身，心里总不很安定。长之叫我替文艺专号写文章也写不出来了。

看冯文炳的《竹林的故事》，觉得还可以，不过太幼稚了一点。

四日

这几天又成了游神了——不能安坐下念书，老是东游西逛。

前几天《另外一页》上露薇作了一个消息，说到《文学评论》要出版，对《文学季刊》颇为不敬，说其中多为丑怪论（如巴金反对批评）。这很不好，本来《文学评论》早就想出，一直没能成事实。最近因为抽我的稿子和不登长之的稿子，同郑振铎颇有点别扭，正在这个时候，有这样一个消息，显然同《文学季刊》对立，未免有悻悻然小人之态，而且里面又有郑振铎的名字，对郑与巴金的感情颇有不利。昨晚长之去找郑，据说结果不很好。

今天长之进城，杨丙辰先生非常高兴，他热心极了，实在出我们意料之外。一切事情他都要亲自办，约人，有周作人及未名社、沉钟社等人——我听了非常高兴，原来我们并没想这样大。

五日

天气实在好得太好了，不能在屋坐着。听长之说，《文学评论》五月一日出版，我七号到杭州去，十九才能回来，我非要写一篇文字不行。《老妇人》我实在太爱了，我要用来打破《现代》的难关，势必最近就要写。今天早晨先想到要写什么东西，结果想出了两个，一个是《老人》，写陈大全，一个是另一个《老妇人》，写王妈。但最后决定写王妈，改名为《夜来香花开的时候》。

过午同长之到校外去看植树。今天是植树节,有校长、教务长演讲,妙不可言。

长之说,吴组缃说《兔子》写得好极了,他读了很受感动——这也使我高兴。

六日

明天就要动身赴杭州,今天心里更不安静了,不能坐下念书,东走西走,就走了一天。

过午,萧乾来访,陪他吃了顿饭,走了走。

我现在老梦着杭州,尤其西湖——怎样淡淡的春光,笼罩着绮丽的南国。西湖的波光……不知身临其地的时候,能如梦中的满意不?

七日

今天动身到杭州去,其实早就都预备好了,但仍然安坐不下,仿佛总觉得要丢掉什么东西似的。

过午二点半乘汽车进城,六点五十分火车开行。这算是我生平最长途的一次旅行,心里总有点特异的感觉。

车上不算甚挤,车过天津,人乃大多,几不能容膝。中国交通之坏,实在无以复加。

八日

整天都在火车上,路程是德州到徐州。

人很疲乏,但却睡不着。车外还濛着细雨。

九日

八时到南京,过江。长江的确伟大,与黄河一比实有大巫小巫之别。

转乘京沪车,到镇江的时候,车忽然停起来,一打听,才知道前面火车出轨,正在赶修,非常急。

Very fortunate［非常幸运］,一会火车就开了。

到现在,南北的观念才在脑筋里活动起来,同车的大半南人,语言啁啾不可辨。

晚十二时抵上海。久已闻名的苏州,只在夜灯朦胧中一闪过去了。

宿上海北站旅社。

十日

晨七时转车赴杭,沿路红花绿柳波光帆影,满眼的黄花,竹林茅舍——到现在我才知道南方真是秀丽。

车近杭州,真用到 marvelous 这个 term 了——绿水绕城,城墙上满披着绿的薜萝。辽远处,云雾间,有点点的山影……杭州毕竟不凡!

住浙江大学理学院,睡地板。

十一日

雨忽大忽小。

冒雨乘汽车到灵隐寺。寺的建筑非常伟大,和尚极多。现在正是西湖香市,香客极多,往来如鲫,许多老太太都冒雨撑着伞挂着朝山进香的黄袋急促促地走着,从远处看,像一棵棵的红蘑菇。

从灵隐到韬光,山径一线,绿竹参天,大雨淋漓,远望烟雾苍渺,云气回荡,绿竹顶上,泉声潺潺——生平没有见过这样的景色,描写不足,唯有赞叹,赞叹不足,唯有狂呼。

再游岳坟、小孤山,雨仍未止。

湖面烟云淡白,四面青山点点。昨天晚上同林庚在湖滨散步,只留了个模糊的印象。现在才看清楚。

乘舟经阮墩至湖心亭、三潭印月,合摄一影。又至净慈寺、南屏看雷峰塔遗址,但见断砖重叠而已。

十二日

仍然下着雨。

由旗下乘小艇到茅家埠,湖中波浪颇大,艇小,颠簸,心志忐不安。

由茅家埠至龙井,景象同韬光差不多而水声(竹边、山径)更响澈,竹色更翠绿,山径更邃深。龙井寺在乱山中,泉清竹绿,深幽已极。和尚招待我们吃素斋,买了点龙井茶。

由龙井沿着山径到九溪十八涧,四面乱山环绕,清泉盘曲流其下,山上红花绿竹,更加以苍茫云气。行不远则有小溪阻前,赤足涉水而过。峰回路转,又有小溪阻前,如是可八九次,山更绿,花更红,雨更大,雾更浓,溪声更响,竹更高,水更清,涉之更难,而游兴亦更浓——比之韬光,又胜多多。生平没见此景,几非复自我。

转过一个山头,到楠木寺(理安寺),楠木参天,清溪绕之,沿路竹篱茅舍,到□洞□洞①,雨大极矣。下山至虎跑泉,泉极小,而不甚清。和尚怪甚,问他,他说,这个泉没有什么好处,喝了可以止渴,洗衣可以洗净。我喝了一杯,极甘洌。

由虎跑至六和塔,远望钱塘江,暮色四合。乘汽车回城。

十三日

天虽阴而不下雨。今天可以说是馀兴——先到照庆寺,登南山到保俶塔,由山顶至初阳台,三天来没看到的太阳居然出了一出,可谓巧合。

游黄龙洞、□洞②。

由黄龙洞至玉泉道中,黄花满地,小溪绕随左右,另是一番乡村风味。

玉泉鱼的确不小,大者可二三十斤,有红色大鱼。

由岳庙乘船游郭庄、刘庄等处,也没有什么意思。

至白云庵月下老人祠,同人相与磕头求签。

乘小艇,返旗下回校。

---

① □洞□洞:原文缺字,应为"水乐洞、石屋洞"。
② □洞:原文缺字,应为"紫云洞"。

十四日

今天要离开杭州。

虽然只在这里住了四天,但走时仍仿佛有恋恋不舍的心情。

晚六时抵上海,住江苏省立上海中学,又是睡地板,心里非常不高兴,但也无法。

十五日

今天出去逛。

上海一切都要 speed[速度],以前在静的环境里住惯了的人,一到这里觉得非常不调合。

先逛外滩,又到永安、新新、先施三公司,楼房虽然很高,但还不是我想象里的上海。

回校后,晚上又到南京路去了一趟。

十六日

早晨离开上海,原来想在苏州下车,大家因为疲乏,也都不愿意下了。

一直到无锡,原来决定下车,后来在上海决定不下,然而一上车又因为车票关系,不能不下了。住铁路饭店。

饭后乘汽车游太湖。远望黄水际天,茫茫浩浩,我生平还是第一次见这样大的水。

乘小艇至鼋头渚。

回时经梅园下车。梅园很有名,但看来则没有什么意思,不过还颇曲折幽邃,大概冬天梅花开时,一定很好。这里女人很风骚。

十七日

早离无锡。

至南京稍停即过江,改乘平浦车。

十八日

一天都在车上,没有什么意思。

过午五时到济南,下车到家中。家庭对我总是没缘的,我一看到它就讨厌。

婶母见面三句话没谈,就谈到我应当赶快找点事作。那种态度,那种脸色,我真受不了。天哪!为什么把我放在这样一个家庭里呢?

十九日

非走不行了——我希望能永远离开家庭,永远不回来。

到运动场看了一会国术比赛。

四点离家。

二十日

早八点到平,一宿困极。

乘汽车返校,浑身无力。本来这十几天来,白天爬山,晚上睡地板，真也够受。蒙头大睡，不知天日。有生以来，仿佛还没睡过这样甜蜜。

洗澡后又大睡。睡来时，朦胧里，觉得肚里有点空，才想到一天没吃东西，但看时候已经十点半了。

二十一日

长之约我进城，因为今晚文学评论社请大学出版社社长吃饭，谈论印刷问题。

先访静轩，没找到。又访虎文，虎文现在有点病。

访曦晨，谈了半天。

文学评论社及特约撰稿人的信，代表人没写我的名字，非常不高兴，对这刊物也灰心了。

这表示朋友看不起我。

在经济小食堂请客。事前先访杨丙辰，同往公园散步。又同到小食堂，结果扯了许多淡话，没讲到什么正经事。

宿露薇处。

二十二日

因为虎文病，不放心。又去看他，他却一夜没回学校，更不放心。

访鸿高，他又约我到公园去散步，又到广和楼去看富连成的戏，太乱，而且戏也不好，头有点痛。

他让我住下，实在不能再住了。七时回校。

二十三日

开始上课。一上课,照例又来了,paper, reading report, test……妈的,一大堆,一大串,我这是来念书吗?

晚上仍然大睡。

二十四日

上课没有别的感觉,只是觉得一点钟比以前长着一倍,屁股都坐痛!仍听不到打铃。

晚上上文艺心理学,更显得特别长,简直要睡过去。

二十五日

几天来,心情不很好,似乎还没休息过来。因为要考试,书不能不念,但这样去念书而且又念这样的书,能有什么趣味呢?

暑假一天一天地就要来到,一想到这说不定就成了学生生活的最后的几个礼拜,心中有说不出来的感觉。

二十六日

现在简直像游魂。

种种事情总都不随心。昨天我对长之说:以前老觉得自杀是件难事,现在才知道自杀是很容易的了。谁没曾钻过牛角呢?

二十七日

早晨顶早起来，预备到图书馆去抢书。好容易等到开门，一看到别人抢馒头似的跑的时候，自己却又觉到无聊，不愿意同他们竞赛了。结果是抢不到。

然而别人抢到了，只好借机会看，反过来是 noun［名词］，掉过去是 verb［动词］，这样的书有什么劲呢？

晚上把《寂寞》交给长之，在《文学评论》上发表。预备再写一篇，但也终于没能写成。

二十八日

明天是学校二十三周年纪念日，今天先开运动会。本来预备在图书馆看点书，但一想到外面操场上的热闹，却无论如何坐不下去了。

于是只好出来，站在圈子外，看。

又觉到无聊，去看了看清华美社的展览。

晚上也不能作什么正经事。

二十九日

今天正式开纪念会。

照例梅老先生说两句泄气话，又把何应钦弄了来，说了一大套。

会完了抢旗，把旗子缚在树上，每班各出二十人代表去抢，凶极了。结果，谁都没抢到。

过午有棒球、排球比赛。

晚上是游艺会，有音乐，有跳舞，有新剧，没有多大意思。我老早回来睡了。

三十日

本来预备念书，但没念成。并不是有人来扰乱我，其实一个人也没来，只是我自己就念不成。

过午出去走了走，觉得天气太好了。结论是这样的天气还能念书吗？于是回来大睡其觉。晚上也没能念书。

昨天文学评论社在城里开会，我对《文学评论》并不怎样起劲，我没去。听长之说，去的人还不少，如周作人、刘半农之流全去了。

五月

一日

忙着预备文字学，过午遇见毕莲，说文字学改下星期三考，心里一松。

预备写文章，但只有题目在脑子里转。

二日

今天开始写《夜来香开花的时候》，在想着的时候，这应该是一篇很美丽的文章，但写起来却如嚼蜡，心中痛苦已极，虽然不断地在写着,但随时都有另起一个头写的决心。这样,那能写出好东西呢?

对《文学评论》虽然因为长之的热心也变得热心了一点,但晚上看张露薇那样愚昧固执的态度又不禁心凉了。行将见这刊物办得非驴非马,不左不右,不流氓不绅士,正像张露薇那样一个浑身撒着香水穿着大红大绿的人物。

三日

今天写了一天《夜来香开花的时候》,当构思——其实也说不上是什么构思,只是随便想到而已——有的时候觉得一定有一篇美丽又凄凉的文章,但自从昨天开始写以来,似乎没有一个 paragraph〔段落〕写得痛快过,脑袋像干了的木瓜,又涩又皱。

看到《学文》月刊的广告,我的《年》登出来了,非常高兴。

晚上又继续写,写到最后,一直没动的感情终于动了,我大哭起来。

因为想到王妈又想到自己的母亲。我真不明了整八年在短短一生里占多长的时间,为什么我竟一次也没〈回〉家去看看母亲呢?使她老人家含恨九泉,不能瞑目!呜呼,茫茫苍天,此恨何极?我哭了半夜,夜里失眠。

四日

早晨又把《夜来香开花的时候》改了改。

过午去打网球。

叶公超先生送来了三本《学文》。他说从城里已经寄给我一本了,为什么没收到呢?《学文》封面清素,里面的印刷和文章也清素淡雅,总起来是一个清素的印象,我非常满意,在这种大吵大闹的国内的刊物〈里〉,《学文》仿佛鸡群之鹤,有一种清高的气概。

五日

预备文字学,但大部分时却用在看杂志上,东看西看,翻了不少的书。林徽因的《九十九度中》写的不坏,另有一种风格,文字像春天的落花。

过午又去打网球,打的非常泄气。

看露薇的《粪堆上的花蕾》,简直不成东西。

六日

仍然预备了一天文字学。

近来心情不很好。一方面想到将来,眼看就要毕业,前途仍然渺茫,而且有那样的一个家庭,一生还有什么幸福可说呢?

七日

文字学考过了,星期三还有一次考——毕莲真混蛋,讲的简直不成东西,又考,像什么话。

一天都在下着雨,极细,雾濛濛地,花格外红,叶格外绿。

最近一写东西,就想普罗文艺批评家。自己很奇怪:在决定写小品文的时候，小品文还没被判决为有闲阶级的产品，现在却被判决了。自己想写小品文，但心中又仿佛怕被他们骂，自己不甘于写农村破产，不甘于瞪着眼造谣，但又觉得不那样写总要被人骂。被人骂有什么关系呢？我要的是永久的东西，但心里总在嘀咕着，我现在深深感觉到左联作家的威胁。

八日

又拼命看了一天文字学，我仍然骂一声：毕莲混蛋！

最近心情很坏，想到过去，对不住母亲，对不住许多人。想到将来，茫茫，而且还有这样一个家庭。想到现在，现在穷得不得了。

九日

终于把文字学考完了，不管多坏，总是考完了。

心里很轻松，又不高兴念书了。

《文学评论》前途不甚乐观，经费及各方面都发生问题，办一个刊物真不容易。因为种种原因，我对这刊物也真冷淡，写代表人不写我，显然没把我放在眼里，我为什么拼命替别人办事呢？

十日

心里一轻松，就又不想念书。于是我又变成游魂了。

晚上，有人请客，在合作社喝酒，一直喝到九点，我也喝了几杯。以后又到王红豆屋去闲聊，从运动扯起，一直扯到女人、女人的性器官,以及一切想象之辞,于是皆大欢喜,回屋睡觉。

十一日

今天继续作"游魂"。

因为前几天吃冰激淋太多了,几天来就泻肚,现在却干脆转成痢了。老想屙屎,老屙不出。

晚上同乡会欢送毕业,在工字厅吃饭,我又喝了几盅黄酒,觉得还不坏。饭后到赵逢珠屋里去聊天,一直到九点。

十二日

今天开始抄《老妇人》。心里总觉得没事情作,其实事情多得很,只是不逼到时候,不肯下手而已。

毕业真不是个好事,昨天晚上被人家欢送的时候,我有仿佛被别人遗弃了似的感觉。

十三日

早晨坐洋车进城。

先去看虎文,他已经差不多快好了,不过精神还不大好。

又到静轩处,他同沛三、耀唐、连璧送我毕业,照了一个相,就到西来顺大吃一通。

饭后逛公园,牡丹已败。

访峻岑。最近因为快要毕业,心里老有一个矛盾——一方面是想往前进，一方面又想作事。

访印其，同赴市场。

七时回校。

十四日

日来心境大不佳，不想作事，又想作事，又没有事作——我想到求人的难处，不禁悚然。

十五日

有许多功课要预备，但总不愿意念书，晃来晃去也觉得没有意思。

心境仍不好。人生真是苦哇！

十七日

前两天下了点雨，天气好极了。

今天看了一部旧小说，《石点头》，短篇的，描写并不怎样秽亵，但不知为什么，总容易引起我的性欲。我今生没有别的希望，我只希望，能多同几个女人，各地方的女人接触。

十八日

看 Plato 的 *Dialogues* ［柏拉图的《对话录》］。

一天糊里糊涂地过去，没有多大意思。同长之晚饭后到海甸去，我印了五百稿纸。同访赵德尊。

十九日

功课很忙，但却仍然想看小说，在看 Criticism 和 Classical Literature［古代文学］的当儿终于把《唐宋传奇集》的第一册看完了。

高中同学会欢送毕业，真不好过。喝了几盅酒，头沉沉然。

二十日

早晨进城。

先访虎文，他已经快好了。

访印其，他要送我毕业，共同照了一个相，到市场吃饭，饭后到中山公园去看芍药，开的很多，不过没有什么意思，只有红白两色，太单调。

访杨丙辰先生，《文学评论》出版事大学出版社又不肯承印。昨天长之灰心已极，今天访杨先生定进止，结果一塌糊涂。

二十一日

一天都在看 *Practical Criticism*［《实用批评》］，结果是莫明其土地堂。

把《母与子》（即《老妇人》）寄给《现代》，我总有个预感，觉得这篇文章他们不会登的。真也怪，我以前觉得这篇文章好极了,但抄完再想起的时候,却只觉得它不好了。

二十二日

把十八、十九世纪文学的 paper 全作完了。当才停笔的时候不禁叹一口气,觉得这是全学期、今年、这大学的四年、这一生学生生活(说不定)的最后的 paper 了。惘然。

仍然有矛盾的思想:今天接到峻岑的信,高中教员大概有成的可能,心里有点高兴。但又觉得,倘若成了,学生生活将于此终结,颇有凄然之感。

晚上听中文吟诵会,这在中国还是创举。我只听了一半,印象是:太戏曲化了,我总以为吟诵东西与演剧总不能一样。

二十三日

几天来,记日记都觉得没有东西可记。本来,每天的生活太单调了。

读 Richards〔瑞恰兹〕的 *Practical Criticism* 仍然莫明其妙。

自己印的稿纸送来了,非常满意。

二十四日

过午三点乘洋车进城,访峻岑,见梁竹航,宋还吾有信来,仍然关于教员事。我先以为要找我教英文,岂知是教国文,这却教我不敢立刻答应,这简直有点冒险。

晚上到公园去看芍药，住在西斋。

二十五日

晨八时乘汽车返校。

仍然看 Practical Criticism。

过午打手球。

教员问题一天都在我脑筋里转着。我问长之，他答的不着边际。我自己决定，答应了他再说，反正总有办法的。

二十六日

今天写信给峻岑、竹航，答应到高中去。尽管有点冒险，但也管不了许多。

晚上学校开欢送毕业同学会，有新剧比赛，至十二点才散。

二十七日

明天就要考 criticism，但却不愿意念书。早晨很晚才起，到图书馆后仍然恹恹欲睡，过午又睡了一通。

晚上大礼堂有电影，片子是徐来的《残春》，光线太坏，简直不能看——这电影本来应该昨天晚上映，因为机器坏了，改在今天。

二十八日

过午考 criticism，没怎样看书，头就痛起来，考题非常讨厌，苦坐两小时，而答的仍很少又不满意——管他娘，反正考完了。

晚上因为头痛没看书。

我们的《文学评论》到现在仍在犹疑中，今天你赞成出，我不赞成；明天我赞成，你不赞成，犹犹疑疑了，莫知所措——地地道道的一群秀才，为什么自己连这点决断力都没有呢？

二十九日

想看古代文学，但看不下去。

晚上听朱光潜讲游仙派诗人，我觉得很有趣。将来想读一读他们的作品。

下雨，很大。

三十日

今天作《中西诗中所表现之自然》，是中西诗比较的 paper，我想给朱光潜也用这篇，不知能行否？

我认识了什么叫朋友！什么东西，我以后一个鸟朋友也不要，我为什么不被人家看得起呢？

三十一日

前两天教育部通令，研究院非经考试不能入。昨天评议会议决毕业后无论成绩好坏皆须经过考试才能入研究院——我虽然不想入研究院，但想作两年事后再入。这样一来，分数何用？不必念书了。

所以一天大闲，过午同吕宝出去照相，我照了几个怪相，回来后打手球，晚上喝柠檬水，岂不痛快也哉！

六月

一日

非自己打开一条路不行！什么朋友，鸟朋友！为什么堂堂一个人使别人看不起呢？

从昨天夜里就下雨，躺在床上听了半夜的雨声，非常有趣，早晨起来一看，雨还在下着，烟雾迷了远树。

心里更不想念书，觉得反正已经是这么一回事了，念了有什么用？

二日

宁与敌人作小卒，作奴隶，不与朋友作小卒，作奴隶。我诚恳地祈祷：《现代》上把我的文发表了罢！不然我这口气怎样出呢？

雨仍然在下，下了一天。自从杭州回来后，我真喜欢雨，雨使树木更绿润。

不愿意念书，学校生活就要从此绝缘，将来同黑暗的社会斗争。现在不快活，还等什么时候呢？

三日

断断落落地读德文诗和 Plato's *Dialogues*。

心里空空的,觉得一切都到了头,大可不必再积极想作什么事,但是心里并不是不痛快,认真说起来觉得自己能找到事作,还有点痛快。

四日

仍然看古代文学和德文抒情诗。

过午同王、武二宝到王静安先生纪念碑上面的小茅亭上看书,四面全是绿树,天将要下雨,烟重四合,颇有意思。

五日

照例看古代文学,明知道看与不看并没有多大的差别,反正脱不了上班去抄,但却不能不看,正像匹老驴,无可奈何地拖了一辆破车。

六日

这几天真有点无聊。考,反正没有什么关系,但我不能安心作别的想作的事情,虽然不预备功课。

七日

早晨考古代文学,明知道上班要抄书,但心里总仿佛有件事似的，不能安心睡了下去。六点半就起来，在勉强起来的一霎我深深感到睡觉的甜蜜。

过午又考德国抒情诗，是讨论式，结果费了很多的时间，也没什么意思。

昨天又想到母亲，其实我时常想到的。我不能不哭，当想到母亲困苦艰难的一生，没能见她的儿子一面就死去了，天哪，为什么叫我有这样的命运呢？

当我死掉父亲的时候，我就死掉母亲了，虽然我母亲是比父亲晚八年以后死的。

八日

过午进城，见峻岑、虎文、竹航、洁民等。虎文病大见好，进城的目的仍然为的高中教员事，现在已大体成功。

逛太庙铁路展览会，天气太热，汗流浃背，没能大逛就走了出来。

四点回校。

九日

天气仍热，徘徊四院与图书馆之间，不能安心坐下读书。

过午考党义。平时只一二人上课，今则挤了一屋，大嚷大笑，遥望教师自远〈处〉姗姗来，则鼓掌以迎之，教师受惊若宠，裂嘴大笑，每人都尽可能地发着怪问题，说着怪话。怪声一出，全堂〈哄〉然，说者意甚自足。结果每人胡抄一阵走路。

晚天阴，大雨雷电交相鸣。

十日

昨晚雨究竟没能延长着下起来。今天是五大学运动会，我看了一天，结果清华总分第一，个人总分第一，还满意。

北京天气真有点怪，昨天热得不可开交，今天吹着风又有点凉意了。

明天还有一样考，考完了，万事全无，好不逍遥自在。

十一日

预备 Philology，下午要考。

终于考完了，题目不难。大学生活于此正式告终，心里颇有落寞之感。

原来以为考完了应该很痛快。而今真地考完了，除了心里有点空虚以外，什么感觉也没有。

十二日

早晨着手翻译"Romanische Philologie"［罗曼语族语言学］，非常讨厌，自己德文不好，又想不好适当的中文。

过午大睡，运动。

晚上去听音乐会，我对音乐始终是门外汉。今天晚上也不例外，不过也似乎有了点进步，我居然能了解一两段了。

十三日

今天仍继续翻译,这样细细读下去对德文了解上很有裨益,我想今年暑假把 Hölderlin 的 *Hyperion* 这样一字字地细读一下。

晚上吴宓请客。还满意。

最近我一心想赴德国,现在去当然不可能。我想作几年事积几千块钱,非去一趟住三四年不成。我今自誓:倘今生不能到德国去,死不瞑目。

十四日

今天仍然翻译,枯燥已极,自己大部分都不甚了解,即便了解也找不到适当的中文。真是无聊的工作。

写日记好〈像〉觉得没有什么可写。记日记本来应是件痛快事情,现在却像一个每天有的负担,这不太讨厌吗?然而推其原因,还是怪自己太沉不住气。

十五日

今天我们西洋文学系同班在城里聚餐照相,九时同众红一齐进城。

先同吕、陈二君同逛太庙铁路展览会,直游至十二时。

到"中原"去照相,到"大陆春"去吃饭,饭后到北海漪澜堂坐了半天,晚上宿"朝阳"。

十六日

同鸿高、贯一游先农坛。天想下雨，但终于没下得起来。先农坛地方很辽阔，没有什么意思，只有里面养着几圈鹿非常好玩。

从先农坛到天坛，只看了看（从外面）祈年殿顶，在古槐下面望了望就走了。

到"中央"[①]去看电影，片子是《春蚕》，茅盾作。很普罗，大体还不坏，惟不能被一般人了解。又到中山公园，仍宿"朝阳"。

十七日

早晨访静轩、沛三，办理关于教书证书事。

访虎文。

访杨丙辰先生，谈关于《文学评论》出版事。

四点半回校。

几日来，天气酷热，又加到处乱跑，身体非常疲乏。

十八日

赶着翻译德文，非常讨厌。

耀唐来清华玩，陪他走了一早晨，过午把德文译完。

晚上同长之在气象台下面乘凉，四周无人，黑暗中云影微移，也颇有意思。

---

① 中央：即民国时期北平的中央电影院。

十九日

早晨在长之屋讨论我译的德文不能了解的地方，回屋就抄，这抄比翻译还无聊。我当初为什么答应干这种绝工作呢？

天气太热，不想作什么事。

二十日

仍然是抄抄抄——天气太热，本来就作不多事。

过午大半都给睡眠占了去，晚上也只有在外面聊天。

二十一日

仍然是抄抄抄，觉得自己译得太荒唐了，而且不懂的地方也太多，从译文本身也得不到什么好处，这种工作真无聊。

二十二日

今天抄得实在不能忍了，所以只抄了一点，再不愿意再抄。

晚饭前在长之屋〈与〉露薇、组细、宗植讨论到创作时的理智与感情的衡量，讨论了半天，结果归结到生活再改变，作品不能改变。

今天早晨行毕业典礼，我没去。晚上毕业同学留别在校同学，演电影，我去了。片子是《暴雨梨花》。

二十三日

今天仍然抄译的东西,实在腻极了。

想着二十前后回济,现在已经后了,却还没有走的可能,不禁焦急。

二十四日

昨天晚上打牌到下二点,又出去走了走,回屋睡时,身体疲极。今天早上六点钟点,长之来约我上西山。

我乘自行车,他坐洋车,天气不算很热,不过爬起山来也有点吃力而流汗,先到碧云寺总理衣冠冢的上面,我还是第一次上去,建筑真不能算不惊人。

后到双清别墅,山腰里居然有水,而且还不小的一片水,真也是个奇迹。

四点回校,又打网球,疲乏得像软糖不能支持了。

二十五日

早晨睡了一早晨,十二点张嘉谋〈来〉,乃勉强支着疲倦的身体陪他去玩。

整天都在渴望着休息,现在我才了解疲倦的真味。

二十六日

说是尝到疲倦的真味,其实还没尝到。今天过午又打网球,从两点一直到五点,打完了,简直浑身给卸开了一样,走一步也希望有别人扶着——现在才可以说尝到疲倦的真味。

一宿朦朦胧胧地,连捉臭虫的能力都失掉了。

二十七日

早上又进城,因为武宝有请帖。

一下车就下雨,而且下得大得不〈得〉了,同王宝在亚北,一直到十一点才停住了。

武宝是结婚,事前只发了一个请吃饭的帖子,我们都莫名其妙。来宾有三十多位,男女各半,没有仪式,倒也干脆。

四点半回校,预备明天回济南。

二十八日

过午一时进城,火车六点五十分才开,坐在车站上一个人等起来,天气热得利害,等的时间又太长,大有不耐之势。

车里面如蒸笼,夏天坐车真是自找罪受,人也太多,空气浊污不堪。

二十九日

早九时到济南。

怀了一颗不安定的心走进了家门。我真不能想得出,家里会有什么事情发生,还好,一切都还照旧。

家庭毕竟同学校不同，一进家庭先受那种沉闷的空气的压迫。

三十日

早晨到西关秋妹处一行，顺便到三姨及彭家——亲戚家的境况除了极少数的例外，真是问不得，大概都是吃了早上的没有晚上的，难道真是六亲同运吗？

晚上去见蒋程九，谈了半天。

七月

一日

今天随叔父到陈老伯、潘老伯处，又去看了看大姨，她病得要死了。我家来听到的没有别的，只是——贫与病。

晚上又去见蒋程九，我们一同去见宋还吾，谈的关于教务上的事情。

二日

几天来，老在下着雨，说实话，我倒是喜欢下雨。这几天的像南方的天气使我高兴。

一天闷在家里，真有点讨厌。

三日

天仍然在下雨。

家里我更不耐烦了。中国的家庭真要不得,家庭本来是给人以安慰的,但大部分的家则正相反,我的家庭也是其中之一。推其原因,不外家里多女人,终日吃饱了无所事事,再加上女人天生的劣根性,其糟就可以想见了。再加上贫与病,益发蔚然大观,于是家庭几成苦闷的源泉。

四日

仍然呆在家里——天气热。

五日

早晨去访宋还吾,到高中学校内,见到蒋程九先生,谈的仍然关于教务上的事情。

天气热极。

六日

天热,在家。

七日

天热,在家。

八日

天热,在家——地上铺上席,满以为很凉快,其实不然。一刻停扇,大汗立至,晚上也睡不熟,不,岂但睡不熟,简直不能睡,再加上蚊子的袭击,简直支持不了,身上也起了痱子了。记得往年没这样热过。

九日

天气热得更不像话了,连呼吸都感到不灵便。当在冬天里的时候,我也曾想到夏天,但现在却只想到冬天,而且我又觉得冬天比夏天好到不知多少倍了。

十日

早晨早起来,到北园去看虎文——他病得不知道怎样了?见了面,还好,他的病已经好了一半,精神更好。谈了一会,就回来了。
从午到夜,仍然在百度左右的热流里浸着。

十一日

早晨到大姨家里——大姨病得要死,今天情形更不好。
过午遇牧来,大姨已经死了。人真没意思,辛苦一辈子,结果落得一死!

十二日

早晨到万国储蓄所去拿钱。

过午七时由家中赴车站,是沪平通车,人不多,而车辆极新,里面也干净。

几天来,天气太热,今天却有点例外,有点阴,所以不甚热。

十三日

早晨十点到北平——看铁路两旁,一片汪洋,不久以前大概下过大雨。到北平天仍然阴着,十二点乘汽车返校——清华园真是好地方,到现在要离开了才发见了清华的好处:满园浓翠,蝉声四起,垂柳拂人面孔,凉意沁人心脾。

十四日

把东西整理了整理,要预备念书了。先念郑振铎《文学史》,天气还不怎样热,不过住在三层楼上,三面热气蒸着也有点郁闷。

十五日

仍然读郑振铎《中国文学史》,没有清代,非常可惜。

北平天气实在比济南凉爽,每天饭后到校外一走,实有无穷乐趣。

十六日

早八时进城,长之同行。

先到大成印刷厂看印的《文学评论》,后到琉璃厂看书。因为要教书,事前不能不预备点材料。访峻岑,他今天就要离开北平。

访曦晨、之琳皆未遇,暴日晒背,热不可当,六时回校。

十七日

早晨读完《陶庵梦忆》,明人小品实有不可及者,张宗子文章尤其写得好。

过午读《近代散文钞》,有几篇写得真好,叹观止矣。

晚上同长之、蒋豫图在王静安纪念碑后亭上吃西瓜,萤火熠熠自草丛中出,忽明忽灭,忽多忽少,忽远忽近,真奇景也。杜诗"忽乱檐前星宿稀",妙。

十八日

早晨在图书馆读《梦忆》自序及《西湖七月半》,查《辞源》《康熙字典》,颇为吃力。

过午又按照郑《文学史》把应当选的文章抄了抄,总是个很讨厌的事情。

别人当教习,谈话多为教习事,自己觉得可笑。现在自己来当,脑筋里所想的无一而非教习事,不更滑稽吗?

十九日

早晨在图书馆里读《琅嬛诗序》和其他几篇张宗子的文章。

晚上同长之、明哲、蒋豫图在我屋里打牌,一直打到十二点,颇为兴奋。

二十日

今天开始写一篇文章《红》。一开头,文思竟显得意外的艰涩。难道一个多月没写文章,就觉得生疏了吗?我又感到写文章的痛苦,浑身又发冷,又发热,将来非拿写文章作个题目写篇东西不行。

过午打网球,晚上又打牌。

二十一日

我常说,写东西就怕不开头,一开头,想停都停不下——一早起来,心里先想着没有写完的文章,于是提笔就写。我写东西总有个毛病:写到不痛快的时候,要停笔想一想,写到痛快的时候,又想,这么痛快的东西还能一气写完么?自己又要慢慢尝这痛快的滋味,于是又停笔。

过午仍然继续写,始终不算很顺利,自己并没敢想就写完,然而终于在晚饭前写完了,心里之痛快不能描写。

二十二日

又把《红》看了一遍,觉得还不坏,不知道究竟如何?

过午打网球,我现对网球忽然发生极大的兴趣,我觉得其中有不可言之妙。

晚上出去散步,萤火明灭,深树丛中,千百成群,真奇景也。

二十三日

早晨进城。

先到美术专科学校替菊田报名。又访伯棠,不遇。到琉璃厂买了几本书,十二点回校。

过午打网球。

晚上又照例出去散步。归来读《近代散文钞》,袁中郎文字写得真好!

二十四日

早晨在图书馆查《康熙字典》。

过午又仿佛无所事事了,找人打网球,找不到,心里颇觉到有点惘然。

晚上同长之在气象台下大吃西瓜,妙极。回屋看明末小品文,更妙。

二十五日

早晨在图书馆看书。

过午打网球,从三点半一直打到六点半,痛快淋漓,不过终于有点累。

二十六日

天下雨。

人又伤了风,半年来没曾伤风了,伤了风总很讨厌,这次仿佛又特别利害,鼻子老流鼻涕,身上也有点发热,讨厌得不得了。

二十七日

早晨没到图书馆去——不,我记错了,是去过的,不过在的时候不大,所以一想起来,就仿佛觉得没去过了。

过午打网球,从三点半一直打到六点多,也觉得有点累。

晚上同长之在气象台闲谈,看西天一抹黑山,一线炊烟,绿丛中几点灯光,真惊奇宇宙之伟大。

二十八日

早晨一起来就打网球——对网球的兴趣不能算小,本来预备十一点进城,也耽搁了。

过午两点进城,先到大成印刷社,《文学评论》封面印得还好,惟工作太慢。

又替鞠田赁房子。同长之访杨大师，今天大师不糊涂，谈了许多话，实在有独到的见解，毕竟不凡。又对我说了许多鼓励的话，叫我不要放弃英文、德文，将来还要考留洋。

六时回校。

我昨天决定翻译 Nietzsche 的 *Also Sprach Zarathustra*。

二十九日

因为明天要到车站去接菊田，恐怕误了事，晚上竟失眠起来。

早晨起的很早，八点进城，到车站时间还太早，伫候无聊，一个人到天桥走了一趟，没有什么人。

接到鞠田，到庆林公寓布置好了，同他到北海玩了玩，从白塔上看北平，毕竟动人！

三十日

今天又进城——因为艾克约我吃饭。访艾克，他却不在。

又到鞠田处，同他到中山公园逛了逛，又到太庙，因为我已经答应替《现代》译一篇 Dreiser［德莱塞］的小说，所以又匆匆赶回来。

在青年会碰到田德望，他说艾克是星期三请客，他弄错了。

三十一日

今天下雨。

坐在屋里译 Dreiser 的 *When the Old Century was New*［《旧世纪还在新的时候》］。但译得也不起劲，我总觉得这一篇没多大意思，但为字数所限又不能不译这篇。

八月

一日

今天早八点同长之进城。

先到大成，《文学评论》已经装订好了，居然出版了，真高兴，印刷、装订大体都满意。

访曦晨，他在译 *Wind in the Willows*［《柳林风声》］。

访菊田，他去考去了。在艾克处吃了饭，谈了半天，他送我一张 Apollo［阿波罗］的相片，非常高兴。

同田德望经过什刹海——这地方我还是第一次去，颇形热闹——到北海公园，坐在五龙亭吃茶，一会下起雨来，湖上看雨，烟笼远树，莲摇白羽，不可形容！

回校仍继续译 Dreiser。

二日

仍然翻译 Dreiser，原文非常好懂，不过没有什么意味，我尤其不喜欢这种自然主义白描的手法，这篇东西终于离我的趣味太远了，所以虽然容易翻译，也觉得没多大意思。

三日

早晨打网球，天气好极了。

过午还预备打，天却下起雨来，只好闷在屋里翻译 Dreiser。

北京天气真有点怪，今年夏天始终没热，然而却意外地多雨。

四日

雨仍然在下着。

闷在屋里翻译 Dreiser，过午译完了，我预备看一遍，改一改，明天寄出去。

一译完了，心里又了去了一件事，觉得意外地轻松。

五日

早晨把 Dreiser 寄了出去。

十一点进城，同菊田到天桥去逛了一趟，又到先农坛，坐着喝了半天茶。

到东安市场，吃了饭，六点回校。

六日

早晨起来打网球，天气好极，场子也好，一直打到九点半。

回来抄《红》，过午抄完了，预备寄给郑振铎，不知道他要不要。

七日

在清华。

八日

在清华。

九日

进城,先访菊田,同赴东安市场买一柳条箱,六时回校。天阴。

十日

早晨乘洋车到成府买一柳条箱。

十二时乘小汽车同长之进城,心里充满了离情。乘平沪车,同行有长之、菊田。

十一日

夜三点到济。细雨濛濛,非常讨厌,疲乏已极,又睡。

后　记

　　校完了《清华园日记》排印稿，我仿佛又找到了久已失去了的七十年前的我，又在清华园生活了几年。苏东坡词"谁道人生无再少，门前流水尚能西"。难道这就是"再少"吗？

　　日记是写给自己看的，什么样的思想，什么样在人前难以说出口的话，都写了进去。万没想到今天会把日记公开。这些话是不是要删掉呢？我考虑了一下，决定不删，一仍其旧，一句话也没有删。我七十年前不是圣人，今天不是圣人，将来也不会成为圣人。我不想到孔庙里去陪着吃冷猪肉。我把自己活脱脱地暴露于光天化日之下。

　　《清华园日记》的出版，除了徐林旗先生上面已经感谢外，还要感谢由敬忠和高鸿两位先生，是他们把手稿转写出来的。稍一对照手稿和转写，就能知道，这转写工作是并不容易的。

2002年4月25日　羡林校毕记